紅樓夢新解

潘重規——著

三民書局

還諸天地的奇書

康來新

「……只是沒有實在的好處，
須得再鐫上幾個字，
使人人見了，便知你是件奇物……。
……
忽見一塊大石，
上面字跡分明，編述歷歷。」

（《紅樓夢》第一回）

「字字看來皆是血。」

（《紅樓夢》甲戌本凡例）

關鍵在於字。字在才實在，甚而，是字又是血。字，夢幻成書、石頭為記的啟動關鍵。

關鍵在於字。在關鍵字——夢、解的啟動下，《紅樓夢新解》和《夢的解析》產生了連結性的話題。沒錯，就是潘重規教授取決於文獻的這「夢解」，連結上佛洛伊德臨床所得的那「夢解」。殊途異代的一東一西一後一前，通向人類精神世界的兩種夢解之學，各自典範下去的精神史紅學和精神醫學。

關鍵字之道，幾乎及於「夢解」全書；著例如書末短章的〈怎樣讀紅樓夢〉，前輩作者拈出「切、慢、細」的讀書關鍵三字訣。簡介屬性的「怎樣讀」，接續於相對進階長篇的〈紅樓夢答問〉，兩文在：QA意識的命題取向、高度可讀的紅學專業、平易師者的自我形象等方面，皆可並讀互感染。尤其「答問」篇，最能見證其文其人的親「切」有味。雖係謙稱絮聒的長輩、自比聊供閒話的談助，卻值暫放一「切」、「切」實「慢」慢含咀引據多方的明遺文獻，「細」細領會特定語彙的靈隱妙用之「奇」，所謂的「關鍵字」之道也。總之，壓軸序位的這「答問」實具平衡主流「新」紅學的紅學史意涵，意涵著奉明國朝興亡論，對上順清曹家盛衰說，學術和實用價值均高。比起典範所承蔡元培先生的《石頭記索隱》，後繼的《紅樓夢新解》確實有所增益和更「新」。

「新」，對被系譜於「舊」紅學的前輩作者來說，無疑敏感字眼。「答問」篇首先便答曰「真知真理是沒有新舊的」。且看書名「新」解，正文六篇，題以「新」者居半，顯有平反之志。其中〈胡適《紅樓夢》考證質疑〉即是代表，乃五四時期論戰的延長賽；這一延，已是另番天地人：天日轉換為五〇年代的冷戰新紀元；地呢？地多明遺抗清印記——從鄭成功到天地會的臺灣；至於人？當年胡攻蔡守生與師，三十年後，攻守易位，挑戰者為筆名潘「夏」的後生晚輩。

潘「夏」華「夏」，漢族主義的國學舊派；「適」者生存，進化學說的西學新派；兩造之間雖多有不同，然而，卻同在新天新地的臺灣續寫紅學史頁，自令人稱幸感念。尤值一表者：新舊紅學、乃至精神醫學，當來到新的世紀，各取《紅樓夢》所需之餘，又互為借鏡相成長❶。「奇」書稱譽「奇」效應，《紅樓夢》名符其實。

「奇」，楹聯著明遺印記的延平郡王祠：烈母所生的「奇」兒，得未有之「奇」的孤臣，打造「海上真真」的漢族遺民世界，另創人格完局，「缺憾還諸天地」矣。有心之士據此史觀，求索字句的隱密，新解奇書《紅樓夢》，是「花果飄零」世代的「生命學問」。

❶ 借鏡精神醫學的紅學新書：合山究著《《紅樓夢》新解：一部「性別認同障礙者」的烏托邦小說》、廖咸浩著《《紅樓夢》的補天之恨：國族寓言與遺民情懷》兩部。

問」❷，是另成格局、足還天地的志業。

當然，也是奇書讀者的開卷有益。

❷ 見唐君毅著《說中華民族之花果飄零》及牟宗三著《生命的學問》。

紅學論集序

一百年前，我國大詩人駐日使館參贊黃遵憲先生對日本漢學家說：「《紅樓夢》乃開天闢地，從古到今第一部好小說，當與日月爭光，萬古不磨者。恨貴邦人不通中語，不能盡得其妙也。論其文章，宜與《左》、《國》、《史》、《漢》並妙。」這一番話，在今天似乎可獲得全世界文人學者的首肯。我有一位朋友，四十年前，在外交界服務，和歐美人士一次聚談中，有人提議舉出心目中認為最好的一部文學作品，結果得票最多的竟是中國的《紅樓夢》。這雖然是一時遊戲，未必便成定論，但由此可見《紅樓夢》是多麼受中外人士的愛好，它吸引讀者的力量又是何等鉅大！

在我記憶中，進入中學時，我已經成了一個紅迷。腦海中終日盤旋著林黛玉和賈寶玉的倩影，恰如棋迷腦海中充滿了黑子白子一般。那時不但不曾問曹雪芹是什麼人，根本也不理會作者是什麼人。我只覺得這部小說具備一種吸力，它把我整個心靈都攝收到作品的一字一句當中。因此，一卷《紅樓夢》常常會逗得我廢寢忘餐，不忍釋手。看到傷心處，便覺滿紙閃爍著晶瑩的淚珠；看到歡愉時，便覺眼前展開溫馨的笑靨。遇到動人心魂的字句，咀嚼玩味，有時十天半月都不能放下。真正像香菱學詩的時候說的：「念在嘴裏，倒像有幾千斤重的一個橄欖似的！」試問，幾千斤重的橄欖，這一輩子如何能咀嚼消受得盡呢？而且我每次讀《紅樓夢》，總覺得作者有一段奇苦鬱結的至情，乍吞乍吐，欲說還休。他口口聲聲說：「曾歷過一番夢幻之後，故將真事隱去。」又說：「只按自己的事體情理。……其間離合悲歡，興衰際遇，俱是按迹循踪，不敢稍加穿鑿，至失其真。」但讀遍了全部《紅樓夢》，提到年月朝代處，從沒有大清字樣。甚至歷敘古今人物時，說什麼「近日之倪雲林、唐伯虎、祝枝山」（第二回），簡直像是明朝人的口吻，令人興「不知有清」之感。作者寫作的時代，為什麼要藏頭露尾，閃閃爍爍；既不在書中說明，又不在書外標出呢？這是我沉醉於《紅樓夢》之後，帶來了這類不少的困擾，真有「群疑滿腹，眾難塞胸」之慨。到了民國十三年，遊學南京，這時值蔡元培、胡適兩先生紅學論戰之後，得讀蔡先生的《石頭記索隱》、胡先生的〈紅樓夢考證〉。知道蔡先生的主張是：

《石頭記》者，康熙朝政治小說也。作者持民族主義甚摯，書中本事，在弔明之亡，揭清之失，而尤於漢族名士仕清者，寓痛惜之意。

胡先生則確定《紅樓夢》的作者是曹雪芹。他的結論是：

《紅樓夢》是一部隱去真事的自敘，裏面的甄賈兩寶玉即是曹雪芹的化身，甄賈兩府即是當日曹家的影子。

這一次的紅學論戰，胡先生獲得全勝。例如他駁斥蔡氏劉姥姥是湯潛庵的說法，真是痛快之極。胡先生又發現脂評《紅樓夢》抄本，斷定刻本前八十回的作者是曹雪芹，後四十回是高鶚的偽造。胡先生認為這是歷史科學考證方法的成功。因此博得一般學者的信從。魯迅的《小說史略》，乃至日本歐美，差不多整個世界談《紅樓夢》的全都採用了胡先生的學說。從民國十年以後，說得上是「定於一尊」的「胡適時代」了。那時我剛進入大學中文系之門，感到浩瀚無涯的學海，真是望洋興歎。在師長督導之下，剛日讀經，柔日讀史，那有閒情暇日去瀏覽小說。因此蔡胡二先生一場激烈紅學論戰，似乎不曾在我心上發生震盪，也未引起我研究《紅樓夢》的興趣。不過在中學四年級時（那時是舊制中學，修滿四年畢業），很愛好張蒼水、顧亭林的詩文，課餘時，總是手把一篇，自吟自賞。考進大學後，更喜涉獵顧黃王三先生的著作。又縱觀南明野史，以及清代文字獄的檔案。發現亭林諸人詩文集中，凡涉及清代年曆，皆絕而不書，甚至誌墓之文，如生卒年月，非明白寫出不可的，也千方百計，委婉曲折加以表明，決不肯寫出滿清朝代年號，以表示他們不屈服異族的志節。如顧亭林〈歙王君墓誌銘〉云：「王君以崇禎十四年卒，後三年國變，王君之子璣流寓於吳，又一年而不孝始識王生，因以知王生之人與其世德之概。與王生交一年，而王生以狀請銘，不孝以母未葬，弗敢作也。又一年，卜葬，葬有日，而王生復來請銘，不孝不獲辭而銘之。」像這一類屬辭的方法，皆因作者苦心隱痛，務屏夷清的偽曆，不得干華夏的正統。這使我觸悟到《紅樓夢》作者不肯寫明著書的朝代，正和亡國遺民抱著同樣的情懷。我看了許多南明野史和文字獄檔案，又發現清初這一段時期，無論是文人學者，江湖豪俠，凡屬反抗異族的志士，都是利用「隱語式」的工具在異族控制下秘密活動。清文字獄的檔案中，有一件是劉墉搜出丹徒生員殷寶山的詩文，乾隆的上諭說：「至閱其內〈記夢〉一篇有云：『若姓氏、物之紅色者是。夫色之紅非姓之紅也，紅乃朱也』等語，顯係指稱勝國之姓，故為徽國之語以混之，尤屬狡詭！該犯自高曾以來，即為本朝臣民，食毛踐土，乃敢繫懷故國，其心實屬叛逆，罪不容誅。」看了這段話，使我聯想起《紅樓夢》第五回，警幻仙曲演《紅樓夢》；第五十二回，真真國女子「昨夢朱樓夢，今宵水國吟」的詩句，對照起來，分明是把紅字代替朱字，這是不是「繫懷故國，其心叛逆」呢？明崇禎殉國後，號稱易堂九子的魏禧諸人，選擇了江西寧都縣的翠微峰，做他們革命的根據地。他們讀書講習的場所，號稱為易堂。《說文》解古文「易」字是日月相合，日月相合便是「明」。彭躬庵的《易堂記》說：「丁亥，合坐讀史，為筆記。為詩，詩一遵正韻。是冬，諸子言易，卜得離之乾，遂名易堂。……山居屋有五，易堂為公堂，左右室並列。」這段話用隱語說明「易堂」即是明代的朝廷。因為《易經》離卦是光明的象徵，它的象辭說：「離，麗也。日月麗乎天，重明以麗乎正。」象辭又說：「明兩作離，大人以繼明照于四方。」「重明」、「繼明」即是「復明」的意義。他們以「易堂為公堂」，公堂即是朝廷的意思，也算是他們革命政府的象徵。易堂諸子作詩用正韻，正韻乃是明太祖敕撰的《洪武正韻》，作詩用明韻，正是他們反抗清朝的表示。乾隆十八年又曾經發生一樁怪案，一個名叫丁文彬的，自稱皇帝，忽然要傳位與曲阜衍聖公，文字獄檔案留有他造曆書的口供單說：「小子只有一個人著書抄寫，因上帝命我趕修這《洪範春秋》，故此不能再有工夫造這新書了。直到即位六年上才造起的，只造得三年，並沒隱藏別處，那大夏是小子國號，天元是年號，小子因做得一無好處，去年因請命了上帝，把天元改作昭武，傳位與小聖公的。既有年號，就寫欽定了。至於書面上寫大夏大明，那是取明明德的意思，大夏是取行夏之時的意思。」看了這段供詞，又觸發我對《紅樓夢》的疑問。《紅樓夢》第十九回，作者從寶玉口中發出一番議論說，除明明德外無書，以寶玉的為人，他最欣賞的書應該是《西廂記》、《牡丹亭》，為什麼最崇拜的會是《大學》？就算是最崇拜《大學》了，為什麼不說「除《大學》外無書」，而偏要說「除明明德外無書」！這會不會是丁文彬所說「大明取明明德的意思」的革命術語呢？我在未了解《紅樓夢》運用隱語涵義以前，我對於《紅樓夢》的文辭意義，發現許多疑問和矛盾，等到了解隱語涵義以後，便發現《紅樓夢》作者確是「持民族主義甚摯」，對於胡先生的說法，反而覺得觸處難通。我的看法，簡括來說，賈寶玉是代表傳國璽，代表政權，林黛玉影射明朝，薛寶釵影射清室。林薛爭取寶玉，即是明清爭取政權，林薛的得失，即是明清的興亡。賈府指斥偽朝，賈政指斥偽政。所以我的結論是：《紅樓夢》確是一部運用隱語抒寫亡國隱痛的隱書。作者的意志是反清復明。書中對賈府施以無情的攻擊，罵他們爬灰養小叔，即是攻擊文太后下嫁皇叔多爾袞的醜行。我們試想，以一個倫理觀念極重的中華民族，把統治我們的清帝的禽獸穢行揭發出來，此一宣傳，激起反清的力量該多麼大！作者又在書中反覆指點真假，既有賈（假）寶玉，又有甄（真）寶玉，真假兩寶玉，面目雖是一般，但政權在本族手裏就是真，政權在異族手裏便是假。因此清朝是偽，明朝就是真。真的必然會復興，偽的注定要失敗。寶玉說「除明明德外無書」，這是作者嚴正的表示，明朝纔是正統。能明瞭明朝之德，便不可出仕偽朝。所以他極力抨擊讀書求官的是國賊祿蠹

（第十九回、第三十六回）。有人說解釋寶玉為傳國璽是穿鑿附會，其實不然。我們細看作者穿穿插插，隱隱約約的告訴讀者，石頭就是寶玉，寶玉就是傳國璽。他首先在第一回敘述青埂峰一塊石頭，鍛鍊通靈，「須得再鐫上幾個字，便是件奇物。」因為印璽是必須有文字的。又從甄士隱夢中，指出這石頭原來是塊美玉。第八回更從寶釵的口中眼中詳細描寫這塊美玉，形體大小和《三國志・孫堅傳》注中所載漢傳國璽相同。玉上「莫失莫忘，仙壽恆昌」的刻字，更是漢傳國璽「受命於天，既壽永昌」的翻版。為了印璽必須用硃，所以作者的靈心，便憑空捏造出今古無雙的愛紅之癖來。書中第九回、十九回、二十一回、二十三回、二十四回，頻頻提及寶玉愛喫胭脂，原來是從玉璽要印硃泥設想出來的。至於胭脂作何形狀呢？試看平兒到怡紅院化妝時，見到的胭脂，卻是一個小小的白玉盒子，「裏面盛著一盒如玫瑰膏子一樣。」這又是作者暗示胭脂即是印泥。試想，一塊玉石鐫上傳國璽的文字印上硃泥，這不是明白告訴讀者，寶玉就是傳國璽嗎？

以上這一派見解，蟠踞我胸中，直到民國四十年，來臺灣師範學院任教，那年五月間，在戴靜山教授家，和董同龢、陳致平諸先生閒談，偶然提到我對《紅樓夢》這番看法。沒料到隔不幾天，臺灣大學中文系學生會羅錦堂會長，奉董同龢教授之命，來到我的宿舍，邀我五月二十二日去臺大作一次學術演講，指定要我講對《紅樓夢》的看法。

那次講題我定為「民族血淚鑄成的《紅樓夢》」（講詞在《反攻雜誌》發表）。我認為《紅樓夢》原作者不是曹雪芹，全書不是曹雪芹的自敘傳，後四十回也不是高鶚偽作。這是胡先生考證《紅樓夢》三十年後，第一次有人否定他全部的學說。果然，經過不久，胡先生在《反攻雜誌》第四十六期刊出了〈對潘夏先生論紅樓夢的一封信〉，認為我「還是索隱式的看法」，「還是笨猜謎的方法」，「全不相信辛苦證明的《紅樓夢》版本之學」，「全不接受三十年前指出的作者自敘的歷史看法」。我為了答覆胡先生，曾讀遍胡先生研究《紅樓夢》的全部著作，也曾深切反省研究《紅樓夢》的方法。我在答覆胡先生的文章中（也在《反攻雜誌》發表），再度提出證據，證明胡先生的錯誤。並寫下了這麼一段話：「我很感謝胡先生，他指示愛讀《紅樓夢》的人說：『我們只須根據可靠的版本與可靠的材料，考定這書的著者是誰，著者的事蹟家世，著書的時代，這書曾有何種本子，這些本子的來歷為何。這些問題乃是《紅樓夢》考證的正當範圍。』我覺得，除了胡先生所說之外，我們還須熟讀深思，涵泳全書描寫的內容和結構；我們還須高瞻遠矚，洞觀整個時代和文學傳統的歷史背景，庶幾能體會到《紅樓夢》作者的苦心，纔不致抹殺這一段民族精神的真面目！」

為了要明白《紅樓夢》的真相，三十多年來，我努力搜羅《紅樓夢》的版本和資料。

在香港新亞書院，創設「《紅樓夢》研究」課程，刊行《紅樓夢研究雜誌》。又受好奇心的驅使，一九七三年的秋天，在巴黎東方學大會閉幕之後，曾經闖入蘇聯列寧格勒東方研究所（簡稱東方院），披閱所藏舊抄本《紅樓夢》。東方院孟西科夫教授說我是從外國來看這個抄本的第一個中國人，並且認為我研判的結論，糾正了他們鑑定的偏差。作為一個中國人，我覺得是不虛此行的。這個抄本，淪落在異域一百六十年，初次見到探訪它的本國讀者，真忍不住要相對嗚咽了。近二十多年來，不斷有新版本、新材料發現，我也和海內外紅學家，如俞平伯、周汝昌、吳恩裕、吳世昌、趙岡、馮其庸、余英時諸先生不斷的有辯詰討論的文章。總結來說，一切新版本、新材料的發現，不但不曾動搖我基本的看法，反更增強我確認的信念。我現在還要重複我在《紅樓夢新解》所說的話：「假如看清楚這書的時代背景，鑑定這是一部民族搏鬥下的產物，熟識黑暗時代大眾默認的革命術語，我們再細讀此書時，耳中彷彿可聽見當時民族志士的呼號，眼中彷彿可看見當時民族志士的血淚，我只是忍不住要將看見聽見的寫將出來，至於與現代人的見解或異或同，我竟不曾顧慮到。撇下這層，談到《紅樓夢》在文學上的成就，無疑的，它已經在競走場中奪得了錦標。如果我們事後發現這個奪標的選手，並非和同伴同樣的空著手競走，而且還提著一個極沉重的包裹，我們對這個任重致遠的選手，除了驚訝他的超群絕倫，越發加深崇敬外，還有什麼可說呢！」愛國史學家連雅堂先生告訴我們：「臺灣民間風俗，農曆三月十九日是太陽節，家家戶戶點燈，意思是追求光明，就是要永久勿忘明朝的『明』字，這一天原是崇禎皇帝殉國的日子，也可當作一個民族紀念節。」看清楚了臺灣的革命史實，了解了臺灣曾遭受異族宰割，太陽節的「燈」，確實是照亮了無比的民族精神，蘊含了無限的民族血淚。假如忽略了臺灣太陽節的背景，不也同樣會遭人詬誶，變成《紅樓夢》索隱派的笨猜謎嗎？

幾十年來，我從《紅樓夢》一書中所窺見的中華民族精神的光芒，一直閃爍在我心中。我不敢說我的知見是真知灼見，但在沒有證據證明我的錯誤時，我也不敢放棄我所看見的民族精神。因此，幾十年來，和胡適之先生以及紅學專家，發生了無數次的論辯，著眼都在保衛這段民族精神上。論辯的文字，已結集的有《紅樓夢新解》、《紅樓夢新辨》、《紅學六十年》三書。還有歷年來未加結集的論文，散見海內外報章雜誌。門人友好頗以散佚為憾，並慫恿搜集成冊。適三民書局董事長劉振強先生重視學術，願為出版流通。因將《紅樓夢新解》、《紅樓夢新辨》、《紅學六十年》三書重加校正。又結集歷年來論文為《紅學論集》一冊，合併付印。我有幸得此機會向海內外讀者傾吐我的心聲，在此，我竭誠渴望能得到解開我七十年來疑結的指教！

潘　重　規

自序

這幾篇小文是我近十年來研討《紅樓夢》陸續寫成的。第一篇〈紅樓夢新解〉算是我對《紅樓夢》看法的提綱，因此結集成這本小冊子時，就統稱它做《紅樓夢新解》。

少年時，我愛讀《紅樓夢》，後來多看清初遺民的文章著作，以及文字獄的檔案紀錄，觸發了《紅樓夢》中隱事隱語的機括，愈看愈覺得《紅樓夢》是一部漢族志士用隱語寫隱痛隱事的隱書，決非旗人曹雪芹所作。近年來，對《紅樓夢》的問題，談論的時候居多，寫作的時候很少。任教臺灣，曾就所見在臺灣大學、師範大學、文藝協會小說研究班作多次公開演講。南來後，又在南洋大學、華義中學、吉隆坡尊孔校友會、雪華高師同學會學術研究會演講多次。參加歐陸第十屆漢學會議時，又曾宣讀《紅樓夢》新看法的論文。明知全世界人士認定《紅樓夢》作者是曹雪芹，而個人獨持異議，自然很難得人同意；但是滿腹的疑團，又不能不一吐為快。因此常常被邀演講，而每次演講以後，許多朋友和編輯先生都逼我寫些文字，這裏幾篇文字可說全是被逼寫出來的。除〈脂評紅樓夢新探〉一文為了太長，未經刊布，其他各篇都散見新加坡、香港、臺灣各報章雜誌。由於異時異地，分頭發表，故內容不免有重複之處。現在綜合起來，算是我個人對《紅樓夢》的具體見解，也可以說是我對《紅樓夢》傳統說法的具體懷疑。我很高興能有機會就正於當世愛好《紅樓夢》的讀者。我相信真理愈辯愈明，我的說法，如果不能有裨於真理，真理是必將有益於我的，我竭誠期望讀者們多多予以指教。

紅樓夢新解

目次

《紅樓夢》新解

《紅樓夢》，它活在中國小說界，正如太空中高懸著一顆明星；它的光輝，永恆的、晶瑩的，閃耀在宇宙內，多少讀者為它心醉、傾倒、流淚、著魔。過去如此，將來也復如此！我們用肉眼看此書的表層，無疑的，是一部精妙絕倫的言情小說；但是，如以慧眼觀照，通過這悱惻動人的兒女深情，還可以觀察到作者嗚咽的、傾瀉著民族興亡的血淚。他一字一淚，乍吞乍吐，傳達出一段民族沉哀，想衝破查禁焚阬的網羅，告訴失去了自由的並世異時的無數同胞，指示他們趨向自救的光明大道。我彷彿見到作者這片苦心，不惜撥弄唇舌來辨明這重公案。

多少年來，探求《紅樓夢》本事的學人，有各種不同的斷案。現在我抄錄周樹人《小說史略》的評論如次：

> 此書敘述皆存本真，聞見悉所親歷，正因寫實，轉成新鮮。而世人忽略此言，

每欲別求深義，揣測之說，久而遂多。今汰去悠謬不足辨，如謂是刺和珅（《譚瀛室筆記》），藏讖緯（《寄蝸殘贅》），明《易》象（《金玉緣》評語）之類，而著其世所廣傳者於下：

一、納蘭成德家事說：自來信此者甚多。陳康祺（《燕下鄉脞錄・五》）記姜宸英典康熙乙卯順天鄉試獲咎事，因及其師徐時棟（號柳泉）之說云：「小說《紅樓夢》一書，即記故相明珠家事，金釵十二，皆納蘭侍御所奉為上客者也。寶釵影高澹人，妙玉即影西溟先生，『妙』為『少女』，『姜』亦婦人之美稱，『如玉』、『如英』，義可通假。」侍御謂明珠之子成德，後改名性德，字容若。張維屏（《詩人徵略》）云：「賈寶玉蓋即容若也；《紅樓夢》所云，乃其髫齡時事。」俞樾（《小浮梅閒話》）亦謂其「中舉人止十五歲，於書中所述頗合。」然其他事跡，乃皆不符。胡適作〈紅樓夢考證〉（《文存・三》），已歷正其失。最有力者，一為姜宸英有祭納蘭成德文，相契之深，非妙玉于寶玉可比；一為成德死時三十一，時明珠方貴盛也。

二、清世祖與董鄂妃故事說：王夢阮沈瓶庵合著之《紅樓夢索隱》為此說。其提要有云：「蓋聞之京師故老云，是書全為清世祖與董鄂妃而作，兼及當時諸名王奇女也。」而又指董鄂妃即為秦淮舊妓嫁為冒襄妾之董小宛。清兵下江南，掠以北，有寵於清世祖，封貴妃，已而夭逝；世祖哀痛，乃遁迹五臺山為僧云。孟森作〈董小宛考〉（《心史叢刊・三集》），則力摘此說之謬。最有力者，為小宛生於明天啟甲子，若以順治七年入宮，已二十八歲矣，而其時清世祖方十四歲。

三、康熙朝政治狀態說：此說即發端於徐時棟，而大備於蔡元培之《石頭記索隱》。開卷即云：「《石頭記》者，清康熙朝政治小說也。作者持民族主義甚摯，書中本事，在弔明之亡，揭清之失，而尤於漢族名士仕清者寓痛惜之意。」於是比擬引申，以求其合，以「紅」為影「朱」字；以石頭為指金陵；以「賈」為斥偽朝；以「金陵十二釵」為擬清初江南之名士；如林黛玉影朱彝尊，王熙鳳影余國柱，史湘雲影陳維崧，寶釵妙玉則從徐說。旁徵博引，用力甚勤。然胡適既考得作者生平，而此說遂不立。最有力者，即曹雪芹為漢軍，而《石頭記》實其自敘也。

然謂《紅樓夢》乃作者自敘，與本書開篇契合者，其說之出實最先，而確定反最後。嘉慶初，袁枚（《隨園詩話・二》）已云：「康熙中，曹練亭為江寧織造，其子雪芹撰《紅樓夢》一書，備記風月繁華之盛。中有所謂大觀園者，即余之隨園也。」末二語蓋夸，餘亦有小誤（如以楝為練，以孫為子。）；但已明言雪芹之書，所記者其聞見矣。而世間信者特少，王國維（《靜庵文集》）且詰難此類，以為所謂

「親見親聞者，亦可自旁觀之口言之，未必躬為劇中之人物也。」迨胡適作考證，乃較然彰明，知曹雪芹實生於榮華，終於零落，半生經歷，絕似「石頭」，著書西郊，未就而沒；晚出全書，乃高鶚續成之者矣。

周氏這一番話，將近代考索《紅樓夢》本事的主要說法，綜合的介紹出來。我們加以分析，不外兩類：一謂述他人之事，一謂作者自寫生平。徐、陳、王、蔡諸人，都是主張「述他人之事」的，胡氏周氏是主張「作者自寫生平」的。王靜庵則並此二說，概不贊同。本來，抒寫性靈，羌無故實，正是文學的高超境界。以文學談文學，王靜庵的見解未嘗不對。不過，蘊藏在這文學鉅著裏面的一段民族沉痛，若隱若現，如泣如訴，這亦是沒法抹殺的。我細玩全書，覺得此書確是一位民族主義者的血淚結晶。蔡氏所謂「作者持民族主義甚摯，書中本事，在弔明之亡，揭清之失，而尤於漢族名士仕清者寓痛惜之意。」這個觀察，是十分正確。（他以「紅」影「朱」，以「賈」斥「偽」，亦毫無疑義。至於以「石頭」指「金陵」，以「黛玉影朱彝尊，王熙鳳影余國柱」等，則我不敢苟同。）試看本書第一回敘述作書的緣起，何等掩抑沉痛：

此開卷第一回也！作者自云：曾歷過一番夢幻之後，故將真事隱去而借通靈說此《石頭記》一書也，故曰甄士隱云云……。自己又云：今風塵碌碌，一事無成，忽念及當日所有之女子，一一細考較去，覺其行止見識，皆出我之上，我堂堂鬚眉，誠不若彼裙釵，我實愧則有餘，悔又無益，大無可如何之日也。當此日，欲將已往所賴天恩祖德，錦衣紈袴之時，飫甘饜肥之日，背父母教育之恩，負師友規訓之德，以致今日一技無成，半生潦倒之罪，編述一集，以告天下，知我之負罪固多，然閨閣中歷歷有人，萬不可因我之不肖，自護己短，一並使其泯滅也！所以蓬牖茅椽，繩牀瓦竈，並不足妨我襟懷；況那晨風夕月，堦柳庭花，更覺得潤人筆墨。我雖不學無文，又何妨用假語村言敷衍出來；亦可使閨閣昭傳，復可破一時之悶，醒同人之目，不亦宜乎？故曰賈雨村云云……更於編中間用夢幻等字，卻是此書本旨，兼寓提醒閱者之意。……空空道人看了一回，曉得這石頭有些來歷，遂向石頭說道：石兄，你這一段故事，據你自己說來，有些趣味，故鐫寫在此，意欲問世傳奇，據我看來，第一件，無朝代年紀可考；第二件，並無大賢大忠，理朝廷治風俗的善政。其中只不過幾個異樣女子，或情，或癡，或小才微善；我總然鈔去，也算不得一種奇書。石頭果然答道：我師何必太痴，我想歷來野史的朝代，無非假借漢唐的名色，莫如我這石頭所記，不借此套，只按自己的事體情理，反倒新鮮別致，況且那野史中，或訕謗君相，或貶人妻女，姦淫凶惡，不可勝數。更有一種風月筆墨，其淫穢污臭，最易壞人子弟。至於才子佳人等書，則又開口文君，滿篇子建，千部一腔，千人一面。且終不能不涉淫濫，在作者不過要寫出自己的兩首情詩豔賦來，故假捏出男女兩人名姓，又必旁添一小人撥亂其間，如戲中小丑一般；更可厭者，之乎者也，非理即文，大不近情，自相矛盾。竟不如我這半世親見親聞的幾個女子，雖不敢說強似前代書中所有之人，但觀其事跡原委，亦可消愁破悶，至於幾首歪詩，亦可以噴飯供酒，其間離合悲歡，興衰際遇，俱是按跡循蹤，不敢稍加穿鑿，至失其真。只願世人當那醉餘睡醒之時，或避世消愁之際，把此一玩，不但是洗舊翻新，卻亦省了些壽命筋力，不更去謀虛逐妄了，我師意為如何？空空道人聽如此說，思忖半晌，將這《石頭記》再檢閱一遍，因見上面大旨不過談情，亦只是實錄其事，並無傷時誨淫之病，方從頭至尾，抄寫回來，問世傳奇，從此空空道人，因空見色，由色生情，傳情入色，自色悟空，遂改名情僧，改《石頭記》為《情僧錄》。東魯孔梅溪題曰《風月寶鑑》，後因曹雪芹於悼紅軒中披閱十載，增刪五次，纂成目錄，分出章回，又題曰《金陵十二釵》。並題一絕，即此便是《石頭記》的緣起。詩云：滿紙荒唐言，一把辛酸淚；都云作者痴，誰解其中味！

我們試將這段文字，反覆玩味，十遍、百遍之後，自然感觸到作者悽婉沉鬱的心懷，和民族興亡的血淚，流露在字裏行間，那裏是談情說愛，風花雪月的濫調！

在這裏，我們可以發覺本書的作者確是一位經過亡國慘痛的文人，懷著滿腔的民族仇恨，處在異族統治之下，刀鎗筆陣，禁網重重，作者無限苦心，無窮熱淚，靠著文字的絕技，寫成這部奇書。其用心和宋末元初的謝臯羽寫〈西臺慟哭記〉時的心情，毫無二致。所以說「滿紙荒唐言，一把辛酸淚」；這不是無病呻吟，這是作者的真情實境！作者經家國滄桑，偷生在暴力之下，屈服不甘，迴天無力。悼念故國的覆亡，和殉國的先烈；在無可奈何當中，惟有用最巧妙的文辭，通過異族嚴密的監視下，保存興亡絕續之交的一段信史，與謝臯羽寫〈季漢月表〉，鄭所南寫《鐵函心史》的工作意志，亦毫無二致。所以說「作者自云：曾歷過一番夢幻之後，故將真事隱去而借通靈說此《石頭記》一書也。」又說「今風塵碌碌，一事無成，忽念及當日所有之女子，一一細考較去，覺其行止見識，皆出我之上，我堂堂鬚眉，誠不若彼裙釵，我實愧則有餘，悔又無益，大無可如何之日也。」這和吳梅村〈絕命詞〉所云：「故人慷慨多奇節，為當年沈吟不斷，草間偷活，……脫屣妻孥非易事，竟一錢不值何須說。」正是同樣的語氣。在萬分無奈之餘，只有保存這段信史，才足以上酬民族，中對烈士，下贖罪愆。所以說：「當此日，欲將已往所賴天恩祖德，錦衣紈袴之時，飫甘饜肥之日，背父母教育之恩，負師友規訓之德，以致今日一技無成，半生潦倒之罪，編述一集，以告天下，知我之負罪固多，然閨閣中歷歷有人，萬不可因我之不肖，自護己短，一並使其泯滅。」這分明是謝皐羽、王炎午之流，以後死者的身分，對文文山、陸秀夫一班先烈自咎自責的口吻。

在這裏，我們可以聽見作者的呼號。他此書所記的事實，是當代的信史，因此他一則說：「我想歷來野史的朝代，無非假借漢唐的名色，莫如我這石頭所記，不借此套，只按自己的事體情理，反倒新鮮別致。」再則說：「竟不如我這半世親見親聞的幾個女子，雖不敢說強似前代書中所有之人，但觀其事跡原委，……其間離合悲歡，興衰際遇，俱是按跡循踪，不敢稍加穿鑿，至失其真。」這分明和第一百二十回末尾敘述空空道人把《紅樓夢》一書付託給曹雪芹時，那曹雪芹正在翻閱歷來的古史，同樣是指點讀者，《紅樓夢》就是記的親見親聞的今史。作者在第一回中說：東魯孔梅溪題曰《風月寶鑑》。風月就是明清的代語，清風明月這個詞頭還有人不熟習的嗎？(反清的呂晚村有詩云：清風雖細難吹我，明月何嘗不照人。亦是同樣寓意。)《明清寶鑑》和《資治通鑑》、

《千秋金鑑》的命名亦相彷彿。在清代文網森嚴之下，這已經算大膽的透露消息了！所以他又故弄玄虛，散放煙幕，偏借空空道人說出：「據我看來，第一件，無朝代年紀可考；第二件，並無大賢大忠，理朝廷治風俗的善政。其中只不過幾個異樣女子，或情，或癡，或小才微善；我總然鈔去，也算不得一種奇書。」這和俗傳「此地無銀三十兩」的笑話何異。聰明的讀者該不會被他瞞過吧！

在這裏，我們知道作者借通靈說此《石頭記》一書的意思，是要用「傳國璽」來代表政權，「石頭」、「寶玉」都是影射傳國璽。傳國璽的得失，即是政權的得失，林黛玉代表明朝，薛寶釵代表清室；林薛爭取寶玉，即是明清爭奪政權，林薛之存亡，即是明清的興滅。何以見得寶玉是傳國璽呢？我們細看作者穿穿插插，隱隱約約的告訴讀者。他首先敘述這塊石頭道：

> 卻說那女媧氏煉石補天之時，於大荒山無稽崖煉成高十二丈見方二十四丈大的頑石三萬六千五百零一塊，那媧皇只用了三萬六千五百塊，單單剩下一塊未用，棄在青埂峰下。誰知此石自經鍛鍊之後，靈性已通，自去自來，可大可小，因見眾石補天，獨自己無才，不得入選，遂自怨自愧，日夜悲哀。一日，正當嗟悼之際，俄

見一僧一道，遠遠而來，生得骨格不凡，丰神迥異，來到這青埂峰下，席地坐談。見著這塊鮮瑩明潔的石頭，又縮成扇墜一般，甚屬可愛。那僧托於掌上，笑道：形體倒也是個靈物了，只是沒有實在的好處，須得再鐫上幾個字，使人人見了，便知你是件奇物。然後攜你到昌明隆盛之邦，詩禮簪纓之族，花柳繁華之地，溫柔富貴之鄉，那裏去走一遭。石頭聽了大喜，因問不知可鐫何字？攜到何方？望乞明示。那僧笑道：你且莫問，日後自然明白。（第一回）

我們注意，他說：「須得鐫上幾個字，便是件奇物。」因為印璽是必須有文字的。而且這塊鮮明瑩潔的石頭，實在是塊美玉。當那僧道二人攜頑石下凡的時候，甄士隱遇見請教，有下列一段話：

那僧說：「若問此物，倒有一面之緣。」說著，取出遞與士隱，士隱接了看時，原來是塊美玉，上面字蹟分明鐫著通靈寶玉四字，後面還有幾行小字，正欲細看時，那僧便說已到幻境，便強從手中奪了去。（第一回）

作者於此已明白告訴我們，石頭即是寶玉。寶玉的形狀和鐫刻的文字，作者從寶釵口中眼中詳細的傳出來，這亦是寓有深意的，因為她是曾經一度占有這塊石頭的啊。本書第八回云：

寶釵因笑說道：「成日家說你這塊玉，究竟未曾細細賞鑑過，我今兒倒要來瞧瞧。」說著，便挪近前來，寶玉亦湊過去，便從項上摘下來，遞與寶釵手內，寶釵托在掌上，只見大如雀卵，燦若明霞，瑩潤如酥，五色花紋纏護。看官們！須知道這就是大荒山中青埂峰下的那塊頑石幻相。……那頑石亦曾記下他這幻相並癩僧所鐫篆文，正面乃通靈寶玉，莫失莫忘，仙壽恆昌。反面乃一除邪祟，二療冤疾，三知禍福等字。寶釵看畢，又重新翻過正面來細看，口裏念道：「莫失莫忘，仙壽恆昌。」念了兩遍，乃回頭向鶯兒笑道：「你不去倒茶，也在這裏發獃作什麼？」

看了這段話，使我們想起《三國志・孫堅傳》注引《吳書》所載的漢傳國璽來。《吳書》說：「初，堅入洛，掃除漢宗廟，祠以太牢。堅軍城南甄官井上，每旦有五色氣，舉軍莫敢汲，堅令人入井探得漢傳國璽。文曰：『受命於天，既壽永昌。』方圓四寸，上紐交五龍，上一角缺。初，黃門張讓等作亂，劫天子出奔，左右分散，掌璽者以投井中。」我們試一比較，「方圓四寸，上紐交五龍」不是「大如雀卵，燦若明霞，瑩潤如酥，五色花紋纏護」的簡寫嗎？「莫失莫忘，仙壽恆昌」，更是「受命於天，既壽永昌」的轉譯了。試想一塊美玉，鐫上這些文字，便有無限神通。不是傳國璽是什麼？一除邪祟，二療冤疾，三知禍福等字，不過是魔術家眩亂看官的眼目。故他借寶釵口裏反覆念說「莫失莫忘，仙壽恆昌」這兩句話，入海探驪，從逆鱗項下，取出寶珠，手法之高明，真叫人佩服到五體投地。他不但告訴讀者石頭是美玉，他還要告訴讀者，這塊玉實實在在是印璽。第三十二回云：

話說寶玉見那麒麟，心中甚是歡喜，便伸手來拿，笑道：「虧你揀著了！你是怎麼拾著的？」湘雲笑道：「幸而是這個，明日倘或把印也丟了，難道也就罷了不成！」寶玉笑道：「倒是丟了印平常，若丟了這個，我就該死了！」

作者惟恐人不知，故又在旁敲側擊的告訴讀者，玉即是印，真是心細如髮，膽大如斗了。不僅此也，印璽必須用硃，所以作者的心靈，憑空捏造出古今無雙的愛紅之癖來。

全書中頻頻提及此事：

又忙至黛玉房中來作辭，彼時黛玉在窗下對鏡理妝，聽寶玉說上學去，因笑道：「好，這一去可要蟾宮折桂了，我不能送你了。」寶玉道：「好妹妹，等我下學再吃晚飯，那胭脂膏子也等我來再製。」嘮叨了半日，方抽身去了。（第九回）

襲人道：「還有更要緊的一件事，再不許弄花兒弄粉兒，偷著吃人嘴上擦的胭脂和那個愛紅的毛病兒了。」（第十九回）

黛玉一回眼，看見寶玉左邊腮上有鈕釦大小一塊血蹟，便欠身湊近前來，以手撫之，細看道：「這又是誰的指甲劃破了？」寶玉倒身，一面躲，一面笑道：「不是劃的，只怕是剛纔替他們淘澄胭脂膏子，濺上了一點兒。」（第十九回）

寶玉不答，因鏡臺兩邊，都是妝奩等物，順手拿起來賞玩，不覺拈起了一盒子胭脂，竟欲往口裏送，又怕湘雲說，正猶豫間，湘雲在身後伸手過來，拍的一下，將胭脂從他手中打落，說道：「不長進的毛病兒，多早晚才改呢？」（第二十一回）

金釧兒一把拉著寶玉，悄悄的說道：「我這嘴上是纔擦的香香甜甜的胭脂，你這會子可喫不喫了。」（第二十三回）

涎著臉笑道：「好姐姐，把你嘴上的胭脂賞我喫了罷！」（第二十四回）

原來寶玉愛吃胭脂，是從玉璽要印朱泥上想出來的。至於胭脂盒究竟作何形狀呢？請看《紅樓夢》第四十四回，當鳳姐向賈璉潑醋以後，把平兒打得找刀尋死時，寶玉讓了平兒到怡紅院中來，寶玉盡心安慰她，又勸她擦上一些胭脂，有後面一段記事：

寶玉在旁笑勸道：「姐姐還該擦上些脂粉，不然倒像是和鳳姐姐賭氣了似的。況且又是他的好日子，而且老太太又打發人來安慰你。」平兒聽了有理，便去找粉，只不見粉。寶玉忙走到妝前，將一個宣窰磁盒揭開，裏面盛著二排十根玉簪花棒，拈了一根，遞與平兒。又向他道：「這不是鉛粉，這是紫茉莉花種研碎了，兌上香粉製的。」平兒倒在掌上看時，果見青白紅香，四樣俱美。撲在面上，也容易勻淨，且能潤澤肌膚，不似別的粉青重澀滯。隨後看見胭脂，也不是成張的，卻是一個小小的玉盒子，裏面盛著一盒，如玫瑰膏子一樣。寶玉笑道：「那市賣的胭脂，都不乾淨，顏色也薄；這是上好的胭脂，擰出汁子來，淘澄淨了渣滓，配了花露，蒸疊成的。」（字句依戚蓼生本）

「白玉盒子裏面盛著一盒如玫瑰膏子一樣」的胭脂盒，這又是作者暗示胭脂盒即印泥盒子。我們既知道一顆玉璽印上朱泥；那還有什麼缺少的配件呢？真虧作者想得周到，又替他配上一個印盒。我們記得寶玉的侍婢，最親暱的莫過於襲人，寶玉神遊太虛境後，初試雲雨情的就是襲人。襲人拆開來就是龍衣人，這又是作者寓的深意。寶玉又曾孌愛一戲子，名叫蔣玉函，小名叫琪官。寶玉出家後，王夫人把襲人打發回花家，她哥哥花自芳許配與城南蔣家的，有房有地，又有舖面，人物兒長得百裏挑一，成婚之後，方知這姓蔣的原來就是蔣玉函。經作者巧配姻緣，玉璽就配上玉函了！不僅有了玉函，而且玉函還是紫檀木做的呢！何以見得，我們看第三十三回忠順親王的長府官因聞寶玉隱藏琪官，特向賈政索取，逼得寶玉說出實情來：

大人既知他底細，如何連他置買房舍這樣大事倒不曉得了。聽得說，如今在東郊離城二十里，有個什麼紫檀堡，他在那裏置了幾畝田地，幾間房舍，想是在那裏亦未可知。

這不是明明說玉函是紫檀木製成的嗎？一塊玉石，鐫上傳國璽的文字，印上硃泥，盛在紫檀盒裏，用龍紋包袱纏裹，試問，這是什麼撈什子呢？這不是分明點醒讀者，寶玉就是傳國璽嗎？在這裏，我們既知寶玉即是傳國璽，所以啣玉而生的這個人自然是天子的身分。處在異族的鐵蹄下，我們的作者不敢明寫，只能旁敲側擊，暗中指點。我們看，寶玉挨打之後，薛姨媽和薛寶釵都疑心是薛蟠挑唆了人來告寶玉的，誰知道這一次卻不是他幹的，惹得他說出一番驚人的話來。這段事在第三十四回裏面：

薛蟠本是個心直口快的人，見不得這樣藏頭露尾的事，又是寶釵勸他別再胡逛去，他母親又說他犯舌，寶玉之打，是他治的，早已急得亂跳，賭神發誓的分辨。又罵眾人：「這麼編派我，我把那囚囊的牙敲了。分明是為了打寶玉，沒的獻勤兒，拿我做幌子，難道寶玉是天王！」

這是作者借薛蟠口中叫出天王的名號，原來《春秋經》稱周朝的天子就叫做天王啊！作者點明一次不算，還要借鴛鴦口中叫出。鴛鴦是史太君的寵婢，無端被賈赦看中，要討來作姨娘。偏偏鴛鴦執意不從，賈赦發怒，拿話威嚇她，鴛鴦拉了她嫂子，到賈母跟前跪下哭訴：

方纔大老爺越發說我戀著寶玉，不然要等著往外聘，憑我到天上，這一輩子也跳不出他的手心去，終久要報仇。我是橫了心的，當著眾人在這裏，我這一輩子，別說是寶玉，便是寶金、寶銀、寶天王、寶皇帝，橫豎不嫁人就完了！（第四十六回）

寶天王，寶皇帝，作者大聲疾呼的叫著，難道我們還充耳不聞嗎？寶玉既是影射傳國璽，所以寶玉有無上的威力。我們看第十六回寶玉到秦鐘家探病的一段記載：

寶玉一見，便不禁失聲。李貴忙勸道：「不可！不可！秦相公是弱症，未免炕上挺矼的骨頭不受用，所以暫且挪下牀鬆散些；哥兒如此，豈不反添了他的病！」寶玉聽了，方忍住。近前見秦鐘面如白蠟，合目呼吸於枕上。寶玉忙叫道：「鯨兄！寶玉來了。」連叫兩三聲，秦鐘不睬。寶玉又道：「寶玉來了！」那秦鐘早已魂魄離身，只剩得一口悠悠的餘氣在胸，正見許多鬼判持牌提鎖來捉他。那秦鐘魂魄那裏肯就去，又記念著家中無人掌管家務，又記掛著父母還有留積下的三四千兩銀子，又記掛著智能尚無下落，因此百般求告鬼判。無奈這些鬼判都不肯徇私，反叱咤秦鐘道：「虧你還是讀過書的人，豈不知俗語說的，閻王叫你三更死，誰敢留人到五更。我們陰間上下，都是鐵面無私的，不比你們陽間，瞻情顧意，有許多的關礙處。」正鬧著，那秦鐘魂魄，忽聽見「寶玉來了」四字，便忙又央求道：「列位神差，略發慈悲，讓我回去和這一個好朋友說一句話，就來的！」眾鬼道：「又是什麼好朋友！」秦鐘道：「不瞞列位，就是榮國公孫子，小名寶玉的。」都判官聽了，先就唬慌起來，忙喝罵鬼使道：「我說你們放了他回去走走罷，你們斷不依我的話，如今只等他請出個運旺時盛的人來纔罷。」眾鬼見都判如此，也都忙了手足，一面又抱怨道：「你老人家先是那等雷霆電雹，原來見不得寶玉二字！依我們愚見，他是陽，我們是陰，怕他們也無益於我們！」都判道：「放屁！俗話說的好，天下官管天下民，陰陽並無二理。別管他陰，也別管他陽，沒有錯了的！」眾鬼聽說，只得將他魂放回。哼了一聲，微開雙目，見寶玉在側，乃勉強嘆道：「怎麼不早來，再遲一步，也不能見了！」（據戚蓼生八十回本。百二十回本文字多有不同，無自「依我們愚見」以下五十餘字。）

寶玉的威力可以嚇倒鬼判，正因他是傳國璽的緣故。王者官天下，所以說「天下官管天下民」，這正是作者點明寶玉是傳國璽，是代表政權，是天子的身分。不然，寶玉是什麼官？曹雪芹又是什麼官？由於全書中這一類的明呼暗喚，旁敲側擊的啟示觸目皆是，所以我說寶玉是影射傳國璽，而不敢相信《紅樓夢》是「曹雪芹自敘」的說法。

寶玉既是傳國璽，是帝王，所以林薛相爭，就象徵明清互鬥。林薛別名，一稱瀟湘妃子，一稱蘅無君，都顯出帝王身分，和其他姊妹們的外號迥然不同。黛玉的前身是絳珠仙草（見第一回），絳紅都是影射明朝的國姓。黛玉是代表朱明，故體己的婢女叫紫鵑，紫是朱的配色，鵑是望帝之魂。還有，黛玉的身分是天子，故她所吃的藥丸是天王補心丹（見第二十八回）。至於黛玉代表明朝，何以定要姓林的緣故，我也可以舉出若干理由。第一，因為她代表君主，所以她姓林。《爾雅・釋詁》開篇第二條就說「林、蒸、天、帝、皇、王、后、辟、公、侯，君也。」《詩》、《書》、《爾雅》，從前人是讀得爛熟的，自然容易發生聯想。第二，因為明朝的皇帝姓朱，所以她姓林。許慎《說文解字》說：「朱，赤心木，松柏屬。」朱是林木之類，所以黛玉說：「我們不過是個草木人兒罷了！」（見第二十八回）第三，明朝宗室國亡之後有改姓林的先例，所以她姓林。明末清初寧都魏禧和一班反清復明的同志隱居翠微峰上，號稱易堂九子（日月為易，也暗藏著一個「明」字）。其中有個叫林時益，字確齋的，本是明朝宗室，原名朱議霶。他們暗中擁戴他為領袖，這便是姓朱的亡國後改姓林的實證。

至於我說薛寶釵影射清朝，是因為釵字拆開來便成為又金，清的先代本是女真，宋徽宗政和五年，酋長完顏阿骨打稱帝，改國號曰金。金之色白，故完顏部色尚白。朱希祖先生〈後金國汗姓氏考〉說：「清太祖初建國時，其對明庭請和等文書，則稱建州國汗；對朝鮮移書，則稱後金國汗；而對其國內，則自稱金國汗，或稱大金國；稱明為南朝。至太宗崇德九年，始改國號曰清，而諱稱金。」因此「又金」正是「後金」的意思。寶釵是金，故體己的婢女鶯兒本名金鶯。金之色白，故寶釵姓薛，薛音同雪，金陵十二釵正冊題詩的「金簪雪裏埋」，和《紅樓夢》曲詞的「空對著山中高士晶瑩雪」，兩個雪字都是諧「薛」的聲音。第四回門子抄的護官符所云：「豐年好大雪，珍珠如土金如鐵」，尤其明白的指示「大雪」就是薛家，寶釵代表清朝，住的是蘅蕪院。在第十七回大觀園試才題對額的時候，蘅蕪院的匾額，寶玉原題的是「蘅芷清芬」，把清朝的字眼直接點出，不過作者才一逗露，又閃縮過去，不使人發覺罷了。還有，寶釵之兄名蟠，蟠者，番也；从虫者，猶狄从犬，羌从羊，正是指斥他是異族番人。又因清朝僭位，作者不承認它是正統天子，所以寶釵之兄薛蟠的綽號叫獃霸王。這一切的一切，都是作者慘淡經營，指點讀者，我們真不該辜負作者的苦心啊！

單就前面列舉的現象，我們實在不敢武斷說作者不是有意的安排，而是無意的偶合。我們如果認清作者所處的時代，是剛剛受制於異族的時代，一種無比的民族仇恨，無比的民族沉痛，沒法在士大夫間流露，沒法在貴族文學上表現；轉而向在那個時代不受人重視的平話小說發展。這種民族主義文藝家的地下工作，恰和天地會、洪門會一類的民間祕密組織，走的同樣的路線。研究歷史的人，知人論世，如不漠視這一事實，則《紅樓夢》作者蘸著血淚，用隱語抒寫愛國隱痛的苦心，我們不應該忍心將他抹殺。談到此書寫作的用意，現在我想舉出作者的兩大目標，亦是作者對於民族的主要貢獻：

第一目標是反清。作者反抗侵略我們的異族，仇視壓迫我們的異族；因此對異族攻擊呵責，無所不至。他大聲斥責偽朝穢德，極其不堪。書中借賈府老家人焦大罵出來：

> 焦大益發連賈珍都說出來，亂嚷亂叫說：要往祠堂哭太爺去，那裏承望到如今生下這些畜生來，每日偷雞戲狗，爬灰的爬灰，養小叔子的養小叔子。我什麼不知道，咱們肐膊折了往袖子裏藏。（第七回）

全書指責賈府養小叔一事，尤其是「一篇之中三致意焉」。如果賈府是影射曹家，曹雪芹何至如此毒罵他的祖先！這正因為清初有文太后下嫁睿親王多爾袞之事。清廷雖極加隱諱，而漢人傳說，業已喧騰眾口。如當時明遺臣張煌言的〈建夷宮詞〉（見《四明叢書》本《張蒼水集》）和臺灣延平嗣王鄭元之的〈續滿洲宮詞〉（見《玄覽堂叢書・續集》影印抄本《延平二王遺集》），都盡情譏詈清室的醜事。現在把它抄錄如下：

建夷宮詞十首（錄一）

上壽觴為合巹尊，慈寧宮裏爛盈門。春官昨進新儀注，大禮躬逢太后婚。

讀張公煌言〈滿洲宮詞〉，足徵其雜揉之實，李御史來東都，又道數事，乃續之。

十二欄干月色鮮，百花爛縵自逞妍。昭陽殿裏妝初罷，喜道名王著意憐。（原注：胡酋初死，妻不耐獨宿，私於酋弟偽九王。每聞王入宮，欣悅倍常，遍告宮娥宮監，王格外愛憐之意。）

九王舊好漫相尋，椒室沈沈月色侵。宮監忽驚見故主，頻聞悲怨到更深。（原注：王與偽后綢繆之際，監等忽見故主慘淡之容，迴翔庭戶間，並聞悲泣聲。傳言入內，王后二人大怒，責告者。）

元旦后王入廟門，深宮寂靜祀祆神。狂淫大像巍然立，跪畢登盤裸體陳。（原

注：胡俗，元旦黎明，偽帝后入宮祀祆神。宮在人不到處，所供大像，男女相抱構精而立，二人跪拜畢，即裸體登盤，如牲牢之式，男左女右。為監窺見，傳於外，始知其事，真禽獸之惡習。且酋死，弟烝嫂，代行此禮，堂然稱父皇也。）

看了前面的引證，足見當時漢人對清廷穢德鄙視之深。但是，這類倖存的史料，我們今日可以看到，而在當時禁網之內的同胞是無法看到的。保存這類材料，宣傳這種事實，就成為《紅樓夢》作者的工作和責任了。所以作者攻擊偽朝，簡直到了體無完膚的地步，它借柳湘蓮向尤三姐退婚時，說賈府除了兩個石頭獅子乾淨，連貓狗都是不乾淨的（見第六十六回）。罵得真是淋漓盡致，刻毒萬分。因為中國向來是衣冠禮義之邦；似此穢德彰聞，斷乎不配君臨天下。作者在尤三姐託夢時說出此意。

小妹笑道：「姐姐，你終是個痴人，自古天網恢恢，疏而不漏。天道好還，你雖悔過自新，然已將人父子兄弟致於聚麀之亂，天怎容你安生！」尤二姐泣道：「既不得安生，亦是理之當然，奴亦無怨。」小妹聽了，長嘆而去。尤二姐驚醒，卻是一夢。（第六十九回）

這段文字，根據的是八十回本，百二十回本將「父子兄弟致於聚麀之亂」數語刪去，（父子兄弟聚麀，即是爬灰養小叔子的意思。）想係乾隆以後，文網愈密，恐觸忌諱，故加竄改。我們試想，以一個倫理觀念極重的民族，揭發了統治我們的夷狄的「禽獸之行」。此一宣傳，將激起精神上的反抗力量該多麼大？

第二目標是復明。作者在書中，反覆指點真假。既有賈（假）寶玉，又有甄（真）寶玉。真假兩寶玉，面目雖是一般；不過，政權在本族手裏就是真，政權在異族手裏便成為偽。所以清朝是偽，明朝就是真。作者從寶玉口中曾發出一番議論說，除明明德外無書。偏不說除《大學》外無書，可見又是作者寓有微意。

> 又說，只除了什麼「明明德」外就沒書了。都是前人自己混編出來的。這些話，你怎麼怨老爺不氣，不時時刻刻要打你呢。寶玉笑道，「再不說了！」（第十九回）

這分明是作者嚴肅的表白態度，明朝才是正統，除此以外便是國賊了。能明瞭明朝之德，便不可出仕偽朝，所以他極力抨擊讀書求進的是國賊祿蠹。

襲人道：「第二件，你真愛念書也罷，假愛也罷，只在老爺跟前，或在別人跟前，你別只管嘴裏混批評，只作出個愛念書的樣兒來，也叫老爺少生點氣，在人跟前也好說嘴。老爺心裏想著，我家代代念書，只從有了你，不承望不但不愛念書，已經他心裏又氣又惱了。而且背前面後混批評，凡讀書上進的人，你就起個外號兒，叫人家祿蠹。」（第十九回）

那寶玉素日本就懶與士大夫諸男人接談，又最厭峨冠禮服，賀弔往還等事，今日得了這句話，越發得意了。不但將親戚朋友一概謝絕了。而且連家庭中晨昏定省，一發都隨便了。日日只在園中遊玩坐臥，不過一清早到賈母王夫人處走走就回來了，卻每日甘心為諸丫頭充役，倒也得十分消閑日月。或時寶釵輩有時見機勸導，反生氣起來，只說：「好好的一個清淨潔白的女子，也學得沽名釣譽，入了國賊祿鬼之流。這總是前人無故生事，立意造言，原為引導後世的鬚眉濁物。不想我生不幸，亦且瓊閨繡閣中亦染此風氣，真真有負天地鍾靈毓秀之德了！」（第三十六回）

這種反抗的精神，不合作的辦法，乃是恢復明朝的根本要著。這種思想，與清初諸遺民如一鼻孔出氣。清初政府四處搜訪遺民，諸遺民誓死拒絕徵召。他們並以不求仕進為訓子弟的教條。朱舜水給他兒子毓仁的信說：「汝輩既貧窮，能閉戶讀書為上。農圃漁樵，孝養二親，亦上也；百工技藝，自食其力者，次之；萬不得已，傭工度日，又次之；惟有虜官不可為耳！」顧亭林給他朋友的信說：「郎君博探文籍，而不赴科場，此又今日教子者所當取法也。」博探文籍而不赴科場，正是讀書而不做國賊祿蠹。陷於異族控制下的遺民，教訓下一代的後輩，必須不受異族利祿的引誘，方可保持固有的民族精神，然後才談得到恢復。這是作者諄諄垂教的苦心，所以在開卷第一回說：「只願世人當那醉餘睡醒之時，或避世消愁之際，把此一玩。不但是洗舊翻新，卻亦省了些壽命筋力，不更去謀虛逐妄了！」不貪富貴，不替異族做奴才，就是不謀虛逐妄，這種反清復明的精神，從清初諸老流注於清末革命先烈，一脈相承，其功真不在禹下了！這確是作者對於民族的崇高貢獻。

談到用隱語寫隱痛的《紅樓夢》這部奇書，它所以產生的背景，可以分成兩方面來說：第一、由於文學的背景：作者憑藉中國文字傳統的隱藏藝術，可以巧妙靈活加以運用，故有構成《紅樓夢》這部隱書的可能。第二、由於時代的背景：作者鑑於異族箝制思想的嚴密酷毒，他非巧妙的運用這種隱藏藝術不能達到「真事」流傳的目的，故有構成《紅樓夢》這部隱書的必要。他必須選擇一個大眾愛好的題材，他必須完成一部舉世傾倒的傑作，然後才能風靡一時，不脛而走；然後才能膾炙人口，百讀不厭，他要人愛好既深，玩味既久，誦習既熟時，像劉姥姥撞進怡紅院，猛然碰到作者布置的機關，便自然認識到作者苦心的結構。真是所謂「蓮子心中苦，梨兒腹內酸」，他的酸苦是深深地隱藏在甘甜之中的，作者深懼淺嘗的人僅僅嘗到表面的甘甜而忽略了他內心的酸苦；所以他不得不在開卷第一回便垂涕而道：「滿紙荒唐言，一把辛酸淚，都云作者痴，誰解其中味」了！

有人認為用隱語諧音折字的方法去探求《紅樓夢》中隱藏的意義，是穿鑿附會猜笨謎的方法。其實中國文字這種傳統的隱藏藝術，是源遠流長，深入到各階層各類型的人物；同時這種種文字上的隱藏藝術，早經成為富有民族思想的漢人，用做表達意志的共同工具。尤其是清初這一段時期，無論是文人學者江湖豪俠，凡懷抱反抗異族的志士，都是利用「隱語式」的工具在異族控制下秘密活動。這在黑暗時代鐵幕當中，是自然的趨勢。《紅樓夢》亦是在這黑暗時代鐵幕當中的產品，自然會運用當時人共同使用彼此默認的革命術語，不過《紅樓夢》作者用心更深，運用得更巧妙罷了！我們翻開清初文字獄的檔案，已經可看出那時候的知識分子在異族統治下的憤恨情緒和反抗事實，他們組織同志和宣洩情感全是用「隱語式」的文字作工具，和《紅樓夢》作者運用的文字技巧如出一轍。所以我解釋紅樓夢為朱樓夢，有本書真真國女子「昨夜朱樓夢」的詩句和殷寶山《岫亭草・記夢》「紅乃朱也」（見清代文字獄檔案）一類的數不清的材料作證。我解釋「風月寶鑑」為「明清寶鑑」，有呂留良「清風雖細難吹我，明月何嘗不照人」和徐述夔「明朝期振翮，一舉去清都」（見清代文字獄檔案）等可以作證。我解釋寶玉說「除明明德無書」暗指明明朝之德，有丁文彬供詞「大明是取明明德的意思」（見清代文字獄檔案），其他「猢猻」指斥胡兒，夢幻寄慨興亡，莫不有史實的印證與支持，我們探索《紅樓夢》隱語的方法正是清初諸帝辦理文字獄的方法，我們如說清初諸帝是穿鑿附會，我恐怕不獨清帝心中不服，而被殺戮的民族義士更將含恨於九泉了。

我看清了《紅樓夢》作者的用心後，對於近人考證，認為八旗世家的曹雪芹是《紅樓夢》的作者，我就抱著絕大的懷疑，尤其是脂硯齋評本《紅樓夢》發現以後，胡適之先生更斬釘截鐵的斷定《紅樓夢》的作者是曹雪芹。我們看胡氏近著第一集〈跋乾隆庚辰本脂硯齋重評石頭記鈔本〉有下面一段話：

此本有一處註語最可證明曹雪芹是無疑的《紅樓夢》的作者。第五十二回末頁寫晴雯補裘完時：「只聽自鳴鐘已敲了四下。」下有雙行小註云：「按四下乃寅正初刻。寅此樣寫法，避諱也。」雪芹是曹寅的孫子，所以避諱「寅」字。此註各本皆已刪去，賴有此本獨存，使我們知道此書作者確是曹寅的孫子。(此註大概也是自註；因已託名脂硯齋，故註文不妨填諱字了。)

看了胡氏這段話，似乎《紅樓夢》作者確是曹雪芹了！但是我們看脂評本第廿六回薛蟠對寶玉說看見一張落款「庚黃」的好畫時，卻有下面的一段描繪：

寶玉聽說，心下猜疑道，古今字畫也都見過些，那裏有個庚黃！想了半天，不覺笑將起來，命人取過筆來在手心裏寫了兩個字，又問薛蟠道：「你看真了是庚黃？」薛蟠道：「怎麼看不真！」寶玉將手一撒與他看道：「別是這兩個字罷！其實與庚黃相去不遠。」眾人都看時，原來是唐寅兩個字。都笑道：「想必是這兩字，大爺一時眼花了也未可知。」薛蟠只覺沒意思，笑道：「誰知他糖銀果銀！」

這一段話把寅字又寫又說，又是手犯，又是嘴犯，如果說避諱的寫法，作者便是曹雪芹，那不避諱的寫法，作者就斷不是曹雪芹了。(關於脂硯齋評本，我另有專文討論。）由此可知近人斷定《紅樓夢》作者是曹雪芹的說法，不能算定論。我們看當初最早刻版印行《紅樓夢》的高鶚、程小泉，他們在序言中提到《紅樓夢》的作者時，就不能確鑿指出此書的作者，他們說：

《石頭記》是此書的原名，作者相傳不一，究未知出自何人，惟書中記曹雪芹先生刪改數過。

以高程二人對《紅樓夢》愛好之深，與曹雪芹時地相距之近，當時對於此書的作者已經傳說紛紜，撲朔迷離，莫衷一是，最後的結論，只說是究不知出自何人，可見此書作者是故意諱莫如深，才會有此現象發生，明末清初一般遺民志士，如一壺先生、補鍋匠、雪庵和尚、畫網巾之流，都是隱姓埋名，艱苦卓絕。像畫網巾臨到被殺之前，有人追問他的姓名，他說：

吾志未能報國，留姓名則辱國；智未能保家，留姓名則辱家；危不能即致身，留姓名則辱身。軍中呼我為畫網巾，即以此為吾姓名可矣！（見《戴南山文鈔・畫網巾先生傳》）

這幾句話最可表現出一般遺民的心情。他們做工作，寫文章，都在默默中進行，自然不願將姓名表白於世，何況清初文網嚴密，作者希望衝破查禁焚阬的網羅，他們不能不針對現實，隱姓埋名，由公開的反抗，變為暗中的活動；由大聲的呼號，變為秘密的宣傳；由上層的文學，轉到不受人注目的平話小說。這種革命文學轉移陣地的現象，就是這一時代產生這部奇書的真正原因！

最近，我看見俞平伯氏的《紅樓夢研究》，這部書是根據他舊作《紅樓夢辨》重寫的。他的自序說：

> 《紅樓夢》底名字一大串，作者的姓名也一大串，這不知怎麼一回事？依脂硯齋甲戌本之文，書名五個：《石頭記》、《情僧錄》、《紅樓夢》、《風月寶鑑》、《金陵十二釵》；人名也是五個：空空道人改名為情僧（道士忽變和尚，也很奇怪。）、孔梅溪、吳玉峰、曹雪芹、脂硯齋（脂硯齋評書者，非作者，不過上邊那些名字，書本上不說他們是作者）。一部書為什麼要這許多名字？這些異名，誰大誰小，誰真誰假，誰先誰後，代表些什麼意義？以作者論，這些一串的名字都是曹雪芹的化身嗎？還確實有其名，就算我們假定，甚至我們證明都是曹雪芹底筆名，他又為什麼要這一氣化三清把戲呢？我們當然可以說他文人狡獪，但這解釋，你能覺得圓滿而愜意

嗎？從這一點看，可知《紅樓夢》的的確確不折不扣，是第一部奇書，像我們這樣凡夫，望洋興嘆，從何處去下筆呢！

《紅樓夢研究》的作者，一向是主張「《紅樓夢》是曹雪芹自敘」的說法的，現在說出這一段話，似乎自己也感覺有些迷惑不定起來了。因此，我認為這一切可疑之處，都是為的認錯了《石頭記》的主人翁。假如看清楚這書的時代背景，鑑定這是一部民族搏鬥下的產物，熟識黑暗時代大眾默認的革命術語，我們再細讀此書時，耳中彷彿可聽見當時民族志士的呼號，眼中彷彿可看見當時民族志士的血淚，我只是忍不住要將看見聽見的寫將出來，至於與現代人的見解或異或同，我竟不曾顧慮到。撇下這層，談到《紅樓夢》在文學上的成就，無疑的，它已經在競走場中奪得了錦標。如果我們事後發現這個奪標的選手，並非和同伴同樣的空著手競走，而且還提著一個極沉重的包裹，我們對於這個任重致遠的選手，除了驚訝他的超群絕倫，越發加深崇敬外，還有什麼可說呢！

最後，我相信，有《紅樓夢》，我們的作者將永存在中華民族兒女的心中；有作者這種強烈的民族精神，我們中華民族也將永生在世界上！作者是誰？他不是張三，也非李四，他確確實實是我們炎黃虞夏以來經過千災萬難，永不低頭的中華民族的靈魂！

胡適〈紅樓夢考證〉質疑

一九五八年的新年剛到人間，寂歷空山，忽然得到齊如山先生從臺灣寄來的手書，還附了一篇〈紅樓夢非曹雪芹家事論〉的新稿，問我有什麼意見。齊先生說：「從前有學問的人，往往為一事而爭辯，這個名詞叫作『擡學問槓』，聽這種擡槓，不但於學問有益，且極有趣味。」真沒想到，八十高齡的老先生，學問慾還如此濃厚，怎不令人十分敬佩呢！我在五六年前，為了《紅樓夢》的問題，曾與胡適之先生函信論辯，其熱烈情況，成為當時學術界人士的談資。許多星馬愛好紅學的朋友，也常常詢問辯難的情況。傭書事忙，提不起勁，一直沒有工夫把我們論辯的要點重寫一遍。假期多暇，給齊老先生這一挑逗，忍不住舊案重提，把我與胡先生考證《紅樓夢》的異同要點，分項敘述出來，藉以就正於星馬愛好紅學的朋友。

一、考證《紅樓夢》的方法問題

胡先生考證《紅樓夢》，一向自稱為「歷史的傳記的考證方法」，認為我完全不接受他三十年前指出的「作者自敘」的歷史看法，認為我用的方法還是他三十年前稱為「猜笨謎」的方法。不過，我始終覺得我所運用的方法和胡先生所運用的方法並無不同——不同的只是最後的結論，而非下手的方法。在胡先生的〈紅樓夢考證〉（《胡適文存・卷三》）一文中，考出曹寅的長子是曹顒，次子是曹頫。曹寅死後，曹顒襲織造之職，到康熙五十四年，曹顒或是死了，或是因事撤換了，故次子曹頫接下去做。織造是內務府的一個差使，故不算做官，故《氏族通譜》上只稱曹寅為通政使，稱曹頫為員外郎。但《紅樓夢》的賈政，也是次子，也是先不襲爵，也是員外郎。這三層都與曹頫相合，故可以認賈政即是曹頫。因此，賈寶玉即是曹雪芹，即是曹頫之子。所以胡先生的結論說：「《紅樓夢》是一部隱去真事的自敘；裏面的甄賈兩寶玉即是曹雪芹自己的化身，甄賈兩府即是當日曹家的影子。」由此看來，胡先生的考證，依然是猜謎。不過胡先生揭開來的謎底是賈府的興敗即曹家的盛衰，賈政即曹頫，賈寶玉即曹雪芹；而我妄測的謎底卻是賈寶玉代表傳國璽，林薛的得失代表明清的興亡，賈府指斥偽朝，賈政指斥偽政。所猜的謎底不同，其為猜謎則一。照胡先生的意見，充其量只好說旁人是猜笨謎，胡先生是猜巧謎；或者旁人是笨猜謎，而胡先生是巧猜謎罷了。至於說到歷史考證的方面，胡先生著眼於曹家一家的家事；而我呢，不僅注意曹家一家的家事，並且注意明末清初漢族受制於異族整個時代的歷史背景。我很懷疑，為什麼考證曹家一家的歷史可稱為歷史傳記的考證，而考證著書的整個時代的歷史便叫做「猜笨謎」的考證！

由於方法問題，胡先生連帶的舉出幾個問題，我現在分層解析如次：

(一)拆字隱語問題

胡先生信上說：「明明是喫胭脂，潘君偏要解作玉璽印上朱泥；明明是襲人，偏要拆字作龍衣人；明明是寶釵，偏要說釵於文為又金！」談到這點，正是我要和胡先生商榷的地方。我說吃胭脂是印朱泥，正因寶玉的形式文字等等都暗影傳國璽，所以推定吃胭脂是玉璽印上朱泥。這層我在〈紅樓夢新解〉一文中，已經舉了許多證據，現在不必重提。至於拆字隱語問題，乃是考證《紅樓夢》最重要的關鍵。這層我們必須反覆辯明，纔能求得真是之所在。

我們根據《紅樓夢》第一回的自敘，知道《紅樓夢》是一部「將真事隱去」的隱書；而中國文字又是極富於隱藏藝術的工具；滿清入關以後，漢人受異族控制，又是一般民族志士用隱語發洩民族意識最盛行的時代。這便是我根據歷史的事實，和中國文字的傳統習慣，同時徵引清初富有民族思想的漢人表達意志的技巧方法，來解釋《紅樓夢》這部書的真相的原因。中國文字的隱藏藝術本來萬分豐富；而且東西南北，普遍流行，俗子文人，上下貫徹。漢朝盛行的讖緯，用「卯金刀」合成劉字，「禾子」合成季字。魏武帝拆「合」字為「人一口」。梁武帝拆「貞」字為「与上人」。南宋遺老鄭思肖，思「肖」就是思趙；自題居室叫「本穴世界」，這「本穴世界」就是「大宋世界」；著的書叫《大木無工空經》，這《大木無工空經》就是「大宋經」。類似這些中國文學和文字的隱藏藝術，乃是中國文字傳統的習慣，並不是《紅樓夢》作者獨家運用的技巧，而是清初富有民族思想的漢人在異族控制下用來表達意志的共同工具。清朝康雍乾發生的文字之獄，正和《紅樓夢》運用的工具如出一轍，不過《紅樓夢》作者用心更深，運用得更巧妙罷了。我們翻開清初文字獄的檔案，已經看得出那時候的智識分子在異族統治下的憤恨情緒和反抗事實。他們組織同志和宣洩情感全是用「隱語式」的文字作工具。在這同一時期，臺灣鄭延平死去以後，復興的事業失掉了重心，鄭氏的軍師陳永華依照鄭氏舉義歃血訂盟的方式，組織一個革命集團，名叫天地會，取父天母地的意思，以反清復明為宗旨。借鄭氏部下來宣傳復仇主義，聯絡下層社會，作為革命的主要力量。成立的時候大約在康熙十三年，最初是在臺灣福建，漸漸傳到浙江江南。經過大嵐山張念一（稱一念和尚）起義失敗，以及雍正年間某俠僧無辜被殺以後，天地會纔形成強固的革命組織。就因為他們做的是反清復明的工作，不能不採取秘密的活動，所以一切都用詩句、隱語、手勢來表達意思，尤其是怕向外人洩露。當吳三桂起兵反清的時候，檄文中曾提及朱三太子「刺股為記，寄命託孤」，後來北京果然有一個楊起隆以朱三太子為號召而起義了。他們潛聚在周全斌周公直父子家裏，改元廣德，黨人以白布裹頭，約在京城內外放火舉事，被人告發，捕獲周尚賢等數百人，均磔於市。楊起隆逃到山陝間，仍以朱三太子號召遠近，康熙十九年被捕，淩遲處死。他們雖和天地會沒有關係，但天地會後來也擁戴朱三太子，更屬望於吳三桂，所以詩句有云：「初進洪門結義兄，當天盟誓表真情。長沙灣口連天近，渡過烏龍見太平。忠義堂前兄弟眾，城中點將百萬兵，福德祠前來誓願，反汨復汨我洪英。」因吳三桂屯兵長沙，有朱三太子「寄命託孤」的話，所以說連天近；而康熙十五年丙辰為烏龍年，謂過此即可享太平之福，藉以鼓勵會眾。他們寫明字為

「汨」、清字為「涓」，而清字去主頭尤有深意，蓋不承認滿清為主宰。其他隱語手勢等不勝枚舉。總之，在清初這一段時期，無論是文人學者和江湖豪俠，凡懷抱反抗異族的志士，都是利用「隱語式」的工具在異族控制下秘密活動。這在黑暗時代，並非奇特的現象，而是自然的趨勢。《紅樓夢》是這時代的產品，利用這時代通用的隱語方式表達民族的沉痛，乃是極自然的情勢，極合於歷史事實的情勢，胡先生為什麼說不是歷史的考證呢？

在這黑暗時代大家默認的革命術語，胡先生偏要認定是穿鑿附會，而在《儒林外史》、《孽海花》一類的小說，又聲明可用「索隱方式」去推求。胡先生的〈跋紅樓夢考證二——答蔡子民先生的商榷〉一文中說：

> 蔡子民先生的《石頭記索隱》第六版自序是對於我的〈紅樓夢考證〉的一篇商榷。他說：「知其（《紅樓夢》）所寄託之人物，可用三法推求：一、品性相類者。二、軼事有徵者。三、姓名相關者。自以為審慎之至，與隨意附會者不同。近讀胡適之先生〈紅樓夢考證〉，列拙著於附會的紅學之中，謂之『走錯了道路』，謂之『大笨伯』、『笨猜謎』，謂之『很牽強的附會』，我實不敢承認。」關於這一段「方法

論」，我只希望指出蔡先生的方法是不適用於《紅樓夢》的。有幾種小說是可以採用蔡先生的方法的，最明顯的是《孽海花》。這本是寫時事的書，故事中的人物都可用蔡先生的方法去推求：陳千秋即是田千秋，孫汶即是孫文，莊壽香即是張香濤，祝寶廷即是寶竹坡，潘八瀛即是潘伯寅，姜表字劍雲即是江標字劍霞，成煜字伯怡即是盛昱字伯熙。其次，如《儒林外史》，也可以用蔡先生的方法去推求的。如馬純上之為馮粹中，莊紹光之為程緜莊，大概已無可疑。但這部書裏的人物，很有不容易猜的；如向鼎，我曾猜是商盤，但我讀完《質園詩集》三十二卷，不曾尋著一毫證據，只好把這個好謎犧牲了。……《紅樓夢》所以不能適用蔡先生的方法，顧頡剛先生曾舉出兩個重要理由：㈠別種小說的影射人物，只是換了他姓名，男還是男，女還是女，所做的職業還是本人的職業。何以一到《紅樓夢》就會男變為女，官僚和文人都會變成宅眷？㈡別種小說的影射事情，總是保存他們原來關係，何以一到《紅樓夢》，無關係的就會發生關係？例如蔡先生考定寶玉是允礽，黛玉為朱竹垞，薛寶釵為高士奇，試問允礽和朱竹垞有何戀愛的關係？朱竹垞與高士奇有何吃醋的關係？顧先生這話說得最明白，不用我來引申了。

照胡先生這段話的意思，《儒林外史》、《孽海花》是寫時事的書，所以可用「索隱方法」去推求；那麼，《紅樓夢》不但是寫時事的書，而且是在異族控制之下，禁網嚴密之中，吞聲飲恨來寫的時事之書，為什麼卻不該用「索隱方法」去推求呢？假定有人是天地會中的人物，你只能從他的隱語、詩句、手勢來觀察他。因為天地會的人物不會在額頭刻字自我聲明他是天地會會員，你也無法先考證他是否天地會會員，然後你再去推測他的手勢、隱語、詩句。他是否天地會會員，即在他表現出來的手勢、隱語、詩句，從而加以認定。我們判斷《紅樓夢》作者的身分，其關鍵即在於此。胡先生引顧頡剛舉出來的兩個理由，我認為不但不能推翻《紅樓夢》之為隱書，而且適足證明《紅樓夢》之為隱書。顧先生說：「別種小說的影射人物，只是換了他姓名，男還是男，女還是女，所做的職業還是本人的職業。何以一到《紅樓夢》就會男變為女，官僚和文人都會變成宅眷？」我的答覆是：正因《紅樓夢》是處在異族鐵蹄下反抗異族之書，所以他影射的人物更需要加上偽裝，加強掩護。（錢牧齋以海上女子比鄭成功，詳見拙作〈紅樓夢答問〉中。）猶如天地會是反抗滿清的組織，因此，稱「官府」為「對頭」，稱「外人」為「風仔」，伸出大二三指就代表天，伸出中四小指就代表地，伸出大二指就代表人，他們是斷斷不敢直言無隱的。而且《紅樓夢》中的男女，更有其特殊的意義。我們看真假兩寶玉都極力讚美女子，他們認為「女兒兩個字，極尊貴，極清淨的，比那阿彌陀佛元始天尊的這個寶號還更尊榮無對的呢！」（戚蓼生八十回本第二回甄寶玉語。）「女兒是水作的骨肉，男人是泥作的骨肉。我見了女兒，我便清爽；見了男子，便覺濁臭逼人！」（第二回賈寶玉語。）女兒為什麼這樣尊貴清淨呢？男人為什麼這樣濁臭可憎呢？我的答案是如此：原來衣冠文物是民族文化的象徵，所以滿清入關，下令剃髮，漢族志士即以「頭可斷，髮決不可剃」的口號，來抵制清朝「留頭不留髮，留髮不留頭」的政令，以致江陰嘉定吳江都受到屠城的慘殺。滿清強迫漢族剃髮之後，又嚴令漢人改從滿清衣冠，因不肯改衣冠而被刑戮的也同樣多。清初諸帝認識衣冠習俗為民族精神所寄託，是民族興衰的關鍵，所以再三訓誡滿人不可改易服制。說得最透徹的，莫過於乾隆三十七年十月二十二日的上諭。他說：「遼金元衣冠初未嘗不循其國俗，後乃改用漢唐儀式，茲因編訂《皇朝禮器圖》，曾親製序文，以衣冠必不可輕言改易。……誠以衣冠為一代昭度，夏收殷冔，本不相沿襲，凡一朝所用，原自有法程，所謂禮不忘其本也。自北魏始有易服之說，至遼金元諸君浮慕好名，一再世輒改衣冠，盡失其淳樸素風，傳之未久，國勢寖弱，洊及淪胥。蓋變本忘先，而隱患中之，覆轍具在，深可畏也……朕確然有見於此，是以不憚諄覆教戒，俾後世子孫知所法守，是創論，實格論也。所願奕葉子孫，深維根本之計，毋為流言所惑，永永恪遵朕訓，庶幾不為獲罪祖宗之人，方為能享上帝之主，於以永緜國家億萬年無疆之景祚，實有厚望焉。」由此可知滿人不肯改變自己的服制而必強迫漢人改從他的服制，其用心之深可以想見。鄭天挺《清史探微》說：「在滿洲人嚴厲執行漢人滿裝的時候，有一件可注意的事，就是漢人女子始終沒有接受滿洲裝束，直至清朝覆滅時止，女子禮服仍是鳳冠霞帔，便裝仍是上衣下裳，所以民間傳說上有所謂『生降死不降，男降女不降。』（規案：尚有『俗降僧不降』的傳說。）有人說這是洪承疇的政策，其實不然。或者許是因為女子不出門，而棺斂別人又不易見，所以仍保存著故國衣冠。民國十年以後，女子盛行旗袍，這也是前人想不到的。」請問，保存著故國衣冠，這是多麼尊貴，多麼清淨！剃去頭頂四周毛髮，拖著一條豚尾，這是多麼濁臭逼人！由此看來，《紅樓夢》的女子至上主義，原來就是民族至上主義；女子第一主義，原來就是民族第一主義！

顧先生又說：「別種小說的影射事情，總是保存他們原來關係，何以一到《紅樓夢》，無關係的就會發生關係？例如蔡先生考定寶玉是允礽，黛玉為朱竹垞，薛寶釵為高士奇，試問允礽和朱竹垞有何戀愛的關係？朱竹垞與高士奇有何吃醋的關係？」我的答案是：寶玉是傳國璽，代表政權；林代表明，薛代表清，和政權發生關係，所以有戀愛的關係；互相爭奪政權，所以有吃醋的關係。因此，我說顧胡兩先生提出的問題，不但不能推翻我的說法，而且適足證成我的說法。

胡先生的信上又說：「試問『襲人』可拆作『龍衣人』了，還有那許許多多女孩兒的名字又怎麼解呢！」胡先生這一問，我覺得也不成問題。因為，「寶玉」、「林」、「薛」之解，胡先生如果認為正確，即使其餘全未解答，依然不害其為正確。胡先生猜《儒林外史》之馬純上為馮粹中，莊紹光為程綿莊，認為已無可疑；又猜「向鼎」是「商盤」，但讀完《質園詩集》三十二卷不曾尋得一毫證據，只好把這個好謎犧牲，然而胡先生並不因「向鼎是商盤」之不能確定，遂一併否認「馬純上之為馮粹中」，「莊紹光之為程綿莊」。這不是眼前最好的解答嗎？

不過，胡先生指摘我不應該用拆字法解釋紅樓人物，而胡先生在他的〈紅樓夢考證〉裏，證明後四十回不是原作而是高鶚補作時，卻說：

又如香菱的結果也決不是曹雪芹的本意。第五回的「十二釵副冊」上寫香菱結局道：「根並荷花一莖香，平生遭際實堪傷。自從兩地生孤木，致使芳魂返故鄉。」兩地生孤木，合成「桂」字。此明說香菱死於夏金桂之手，故第八十回說香菱「血分中有病，加以氣怨傷肝，內外挫折不堪，竟釀成乾血之症，日漸羸瘦，飲食懶進，請醫服藥無效。」可見八十回的作者明明是要香菱被金桂磨折死。後四十回卻是金桂死了，香菱扶正，這豈是作者的本意嗎？

胡先生這段文章討論的主題，姑且撇開不談；但是胡先生所用的方法卻正是「拆字方法」。為什麼胡先生可用拆字方法來解釋《紅樓夢》，旁人卻不可用拆字方法來解釋《紅樓夢》呢？「只許州官放火，不許百姓點燈」，我只好自認是百姓了！

(二)玉璽大小的問題

胡先生的信說：「又試看作者引《三國志・孫堅傳》注引的傳國璽一段之後，接著說：『我們試一比較，方圓四寸，上紐交五龍（裴注引），不是大如雀卵，燦若明霞，瑩潤如酥，五色花紋纏護（《紅樓夢》語）的簡寫嗎？』這一句話最可以表示穿鑿附會的方法自欺欺人。請問世間有雀卵大到方圓四寸的嗎？試問一個嬰兒初生時嘴裏能啣方圓四寸的東西嗎？」

我在拙作中說明寶玉是影射國璽，舉的事證不止一樁，如「莫失莫忘，仙壽恆昌」（通靈寶玉的鐫字）是「受命于天，既壽永昌」（漢傳國璽上的文字）的轉譯等等。承胡先生特別指出玉璽大小的問題，認為最不合理。我當初寫這幾句話的時候，覺得文學作品究竟和幾何代數繪圖學不完全相同，故不願浪費筆墨，多加說明。不料胡先生卻以嚴格的科學眼光考證方法向我提出質問。其實我們首先要注意漢璽的「方圓四寸」，乃是那時代的尺度，不是近代的尺度。這情形猶如英尺與中尺，顯然有長短的差別。關於古今尺度的差異，不須繁徵博引，姑且舉明末清初一位反清的國學大師顧亭林先生一段話來作證：

《漢書・王莽傳》言：「天鳳元年，改作貨布，長二寸五分，廣一寸；首長八分有奇，廣八分，其圜好徑二分半；足枝長八分，間廣二分；其文右曰貨，左曰布；重二十五銖。」頃富平民掊地得貨布一罌，所謂長二寸五分者，今鈔尺之一寸六分有奇；廣一寸者，今之六分有半；八分者，今之五分。而二十五銖者，今稱得百分兩之四十二。（《日知錄》卷十一權量條）

我們根據亭林先生的算法，漢朝一寸，相當顧先生時代的六分半。那麼，方圓四寸，就等於當時的二寸六分。這一層，在胡先生和我討論之前，似乎應該首先聲明，庶幾纔可免於朦蔽讀者和「自欺欺人」的譴責。

現在談到通靈寶玉形狀的問題，我們試看《紅樓夢》的描寫：

第一，通靈寶玉是可大可小，可伸可縮的：

誰知此石自經鍛鍊之後，靈性已通，自去自來，可大可小。因見眾石俱得補天，獨自己無才，不得入選，遂自怨自愧，日夜悲哀。一日，正當嗟悼之際，俄見一僧一道，遠遠而來，生得骨格不凡，丰神迥異，來到這青埂峰下，席地坐談。見著這塊鮮瑩明潔的石頭，且又縮成扇墜一般，甚屬可愛。那僧托於掌上，笑道：「形體倒也是個靈物了，只是沒有實在好處，須得再鐫上幾個字，使人人見了，便知你是一件奇物。」（第一回）

第二，通靈寶玉誕生時是從嘴裏掏出來的，上面有字，還有現成穿眼：

不想隔了十幾年，又生了一位公子。說來更奇，一落胞胎，口裏便啣下一塊五彩晶瑩的玉來，還有許多的字跡，你道是新聞不是？（第二回）

黛玉道：「姐姐們說的我記著就是了。究竟不知那玉是怎麼個來歷，上頭還有字跡。」襲人道：「連一家子也不知來歷，聽得說落草時從他口裏掏出，上面有現成穿眼。讓我拿來你看便知。」黛玉忙止道：「罷了，此刻夜深了，明日再看不遲。」（第三回。此節據戚蓼生八十回本，百二十回本無。）

第三，通靈寶玉並非如圓球體似的雀卵，乃是分正反兩面的；而且《紅樓夢》作者雖把它縮小到可以啣在口中，卻又把它放大到「方圓四寸」的模樣。試看第八回寶釵賞鑑通靈寶玉之後，戚蓼生本接著有一段敘述：

那頑石亦曾記下他這幻相，並癩僧所鐫的篆文，今亦按圖畫於後。但其真體最小，方能從胎中小兒口中啣下。今若按其體畫，恐字跡過於微細，使觀者大費眼光，亦非暢事。故今只按其形式，無非略展放些規矩，使觀者便於燈下醉中可閱。今註明此故，方無胎中之兒，口有多大，怎得啣此狼犺蠢物等語謗余之談！

通靈寶玉正面

通靈寶玉反面

寶釵看畢，又從翻過正面來細看，口內念道：「莫失莫忘，仙壽恆昌。」念了兩遍，乃回頭向鶯兒笑道：「你不去倒茶，也在這裏發呆作什麼！」鶯兒嘻嘻笑道：「我聽這兩句話，倒像和姑娘的項圈上的兩句話是一對兒。」（規案：自「今亦按圖畫於後」以下至「弍知禍福」，百二十回本語多刪節。）

我們看了前面的記載，知道《紅樓夢》作者用雀卵比方通靈寶玉，不過是局部的節取，不可蹈「瞽者喻日」、「刻舟求劍」的錯誤。況且即使天下有「方圓四寸」的雀卵，亦不會有分正反兩面還有現成穿眼的雀卵。作者有意將通靈寶玉——即傳國璽——的模樣顯示給讀者看，所以他依樣畫葫蘆的摹寫出來。我們且看《紅樓夢》作者所畫出來的文字，其大小不是和漢朝的四寸——明清的二寸六分——相彷彿嗎？這正是作者的技巧，這正是作者的苦心。更奇怪的，他竟預料到二百年後有位胡適之先生要發出「試問一個嬰兒初生時嘴裏能啣方圓四寸的東西嗎？」的疑問，所以他老早就加聲明：「今註明此故，方無胎中之兒，口有多大，怎得啣此狼犺蠢物等語謗余之談！」《紅樓夢》的作者，竟似能知過去未來的「妖道孔明」了！

二、曹家的家世問題

胡先生考出曹雪芹的身世，就斷定《石頭記》是「曹雪芹的自敘傳」，是「一部將真事隱去的自敘的書」，「曹雪芹即是《紅樓夢》開端時那個深自懺悔的我，即是書裏甄賈（真假）兩個寶玉的底本。」（《胡適文存・卷三・紅樓夢考證》）蔡元培先生有〈對於胡適之先生紅樓夢考證之商榷〉一文曾提出疑問，說：

胡先生以賈政為員外郎，適與員外曹頫相應，謂賈政即曹頫。然《石頭記》第三十七回有賈政任學差之說；第七十一回有「賈政回京覆命，因是學差，故不敢先到家中」云云。曹頫固未聞曾放學差也。且使賈府果為曹家影子，而此書又為雪芹自寫其家庭之狀況，則措詞當有分寸。今觀第七回，焦大之謾罵。又第六十六回柳湘蓮道：「你們東府裏，除了那兩個石頭獅子乾淨罷了。」似太不留餘地。……而第四回，有「賈不假，白玉為堂金作馬；阿房宮，三百里，住不下金陵一個史；東海缺少白玉牀，龍王來請金陵王；豐年好大雪，珍珠如土金如鐵」之護官符，與曹家何涉？

蔡先生提出來的，確實是問題。因為既把曹頫附會賈政，那麼，他的身世就應符合。況且員外郎的官職，遠不及學差之高貴清華。胡先生遍查清朝文獻，曾否發現了曹頫放學差的證據呢？如果沒有的話（胡先生答蔡先生的文章裏面，對這問題避而不談。），那便恰和胡先生駁蔡先生考證劉姥姥是湯潛庵的情形一樣了。我們看胡先生說：

最妙的是第六回鳳姐給劉老老二十兩銀子，蔡先生說這是影湯斌死後徐乾學賻送的二十金；又第四十二回鳳姐又送老老八兩銀子，蔡先生說這是影湯斌死後惟遺俸銀八兩。這八兩有了下落了，那二十兩也有了下落了；但是第四十二回王夫人還送了劉老老兩包銀子，每包五十兩，共是一百兩，這一百兩可就沒有下落了！因為湯斌一生的事實沒有一件可恰合這一百兩銀子的，所以這一百兩雖然比那二十八兩更重要，到底沒有索隱的價值！這種完全任意的去取，實在沒有道理，故我說蔡先生的《石頭記索隱》也還是一種很牽強的附會。

胡先生這番話駁得痛快極了。不過，胡先生證明賈政是曹頫，廕生員外郎的分量，如果相當八兩二十兩的話，那學政確要值一百兩銀子了。現在胡先生也同樣的把更重要的「一百兩」撇開不提，不知是否「任意的去取」？是否「一種很牽強的附會」？

至於護官符所提到賈史王薛的口碑，戚蓼生八十回本下面皆註有始祖官爵，百二十回本全行刪去，關係頗屬重大。現在我把戚本第四回原文移錄於下：

（門子）一面說，一面從順袋中取出一張抄寫的護官符來。遞與雨村看時，皆是本地大族名宦之家的俗諺口碑。其口碑排寫明白，下面皆註著始祖官爵並房次云：

賈不假，白玉為堂金作馬。（寧國榮國二公之後共二十房分。除寧榮親派八房在都外，現原籍住者十二房。）

阿房宮，三百里，住不下金陵一個史。（保齡侯尚書令史公之後，房分共二十。都中現住十房，原籍十房。）

東海缺少白玉牀，龍王來請金陵王。（都太尉統制縣伯王公之後，共十二房，都中二房，餘在籍。）

豐年好大雪，真珠如土金如鐵。（紫薇舍人薛公之後，現領內庫帑銀行商，共八房。）

我們看了這個護官符，所謂原籍，當然指的是金陵。都中，當然指的是賈府所在地長安——即當代的北京。照胡先生的說法，「書中的賈府與甄府都只是曹雪芹家的影子」，「他家祖孫三代四個人總共做了五十八年的江寧織造」，那麼，金陵應該指的是南京了。不過，我們須要記著，清朝統治下的江寧（南京），乃是前朝敵國的留都。試問，明朝亡了，南京完了，明故宮住幾個乞兒餓莩，舊青溪剩一樹柳彎腰，中山王徐達的後裔淪落做了皂隸，那裏還有那些公侯世爵，權勢熏人？所以我以為此處金陵乃指的清朝的留都——盛京——而非明朝的留都——南京。而且這四句話都嵌上「金」字，也是暗點清朝的國號。我說「又金」是「後金」，即指清朝，與此也可互證。至於《紅樓夢》作者以「金」斥「清」，也頗寓有深意。朱希祖先生〈後金國汗姓氏考〉云：

清太祖奴兒哈赤太宗皇太極，始皆稱金國汗。至太宗崇德元年，始改國號曰清，而諱稱金。自清太宗改國號為清之後，凡稱金及後金之書史遺物，均已燬滅，至乾隆時禁燬尤甚，故世人只知有清，不知有金。日本市村瓚次郎氏〈清朝國號考〉(見東洋協會調查部學術報告)，稻葉君山氏《清朝全史》，搜輯明與朝鮮之史籍，及清之奉天崇謨閣各項稿簿，所載金國汗及後金國汗等名稱有數十條。又載盛京撫近門之扁額，遼陽刺麻塔之牌文，東京城之扁額，皆有大金等稱號，則書史遺物之留遺，仍不能禁燬淨盡也。至其諱金之原因，稻葉氏謂：清為金之後裔與否，固不可知。然太宗固親稱為女真大金之後，當其兵入直隸房山縣，過金之山陵時曰：「此我前金皇帝也。」其後何以諱金之國號而改稱清，則以太宗與明和議，前後亙十數次不成，明人多以宋金前事為鑑，故國號曰金，深予明人以殺伐武斷之象徵。太宗鑑於以往二十年折衝之經驗，深知恃武力得勝之艱難，故急謀和議，以徐圖進取。天聰五年，彼寄明將軍祖大壽書有曰：「爾國君臣，惟以宋朝故事為鑑，亦無一言復我。

然爾明主亦非宋朝之苗裔，朕亦非金之子孫，彼一時，此一時，天時人心，各有不同，爾大國豈無智慧之時流，何不能因時制宜乎？」即此可以為證。

由上面所舉事實，發現曹家與賈府有種種的矛盾（還有其他事實，不及備述。）；所以胡先生儘管有堅決的主張，而我卻沒有這樣大膽，敢於斷定寶玉是曹雪芹，賈府甄府是曹家影子。

胡先生說：「必須考定曹家從極繁華富貴的地位，敗到樹倒猢猻散的情況。」胡先生又說：「《紅樓夢》開端便說，『風塵碌碌，一事無成；』又說：『當此蓬牖茅椽，繩牀瓦竈。』這是明說此書的著者——即是書中的主人翁——當著書時，已在那窮愁不幸的境地。況且第十三回描寫秦可卿死時在夢中對鳳姐說的話，句句明說賈家將來必到『樹倒猢猻散』的地步。」我們既找不出足夠的證據來證明寶玉是曹雪芹，賈府甄府是曹家的影子，那麼，胡先生所說的前面一段話，就有修正的必要。我以為「此書的著者，當著書時，已在那窮愁不幸的境地。」這是一點不成問題的。我們試讀一遍清初孔東塘的《桃花扇》傳奇的最末一折：「俺曾見金陵玉殿鶯啼曉，秦淮水榭花開早，誰知道容易冰消？眼看他起朱樓，眼看他讌賓客，眼看他樓塌了！這青苔碧瓦堆，俺曾睡風流覺，將五十年興亡看飽。那烏衣巷不姓王，莫愁湖鬼夜哭，鳳凰臺棲梟鳥。殘山夢最真，舊境丟難掉，不信這輿圖換藁，謅一套《哀江南》，放悲聲唱到老！」這還不是作者經過極繁華富貴的遭遇而到窮愁不幸的境地嗎？至於《紅樓夢》作者特意點出賈家必到「樹倒猢猻散」的地步，更是清初一般志士朝夕盼望的這麼一天，可惜遲了二百多年，漢族革命成功時，他們已經看不見了。「猢猻」正是指的「胡兒」，乾隆年間受到殺頭抄家的徐述夔，他的《一柱樓詩集》裏有一首〈詠正德杯〉的詩，裏面有兩句說：「大明天子重相見，且把壺兒擱半邊。」我們能說徐述夔不是有意將「壺兒」影射「胡兒」嗎？我們能說乾隆帝是誣賴他「心存叛逆」嗎？我們再看乾隆廿六年余豹明首告余騰蛟詩詞譏訕案。余豹明呈抄余騰蛟逆詩五首，每首都加註解。其中有一首〈龍潭石〉詩云：「巨靈劈山骨，倒落神龍淵，明月墮寒影，留客聽清猿。」註解云：「龍潭距縣數十步，兩岸平壤，並無遮蔽，何言『明月墮』？人煙擠密，行人輻輳，何言『聽清猿』？明月墮影，猿聲悲切，與題不肖，意果何指？」由此可知清初漢人心目中是以「明月」指「明朝」，「猿猴」——即猢猻——指「胡兒」。《紅樓夢》作者不但希望「樹倒猢猻散」，而且還咒罵「猢猻無後」。試看第五十回暖香塢雅製春燈謎裏的一個謎：

寶釵道：「這些雖好，不合老太太的意；不如做些淺近的物兒，大家雅俗共賞纔好。」眾人都道：「也要做些淺近的俗物纔是。」湘雲想了一想，笑道：「我編了一支《點絳脣》，卻是一個俗物，你們猜猜。」說著，便念道：「溪壑分離，紅塵遊戲，真何趣，名利猶虛，後事終難覓。」眾人都不解，想了半日，也有猜是和尚的，也有猜是道士的，也有猜是偶戲人的。寶玉想了半日道：「都不是，我猜著了，必定是耍的猴兒！」湘雲笑道：「正是這個了。」眾人道：「前頭都好，末後一句怎麼樣解？」湘雲道：「那一個耍的猴兒，不是剁了尾巴去的？」眾人聽了，都笑起來說：「偏他編個謎兒也是刁鑽古怪的！」

「猴兒」即是「猢猻」，「猢猻」即是「胡兒」，胡兒「前頭都好」，末後總是要「剁了尾巴去的」！凡陷在異族控制下的漢人，那一個不是眼巴巴的望著這一天的來臨？如再不信，試看清初民族義士顧亭林，他的著作反清的思想表現得極強烈。他的學生潘次耕把他著作中太犯忌諱的詞句刪改了許多，然後纔敢刊印行世。前些年，無錫孫毓修得到鈔本《蔣山傭詩集》（亭林先生亡國後自號蔣山傭。），發現刻本刪改處頗多，做了一篇校補。商務印書館印《亭林詩集》時，把校補附在集後。我現在把他被刪掉的一首〈陽㦝引〉抄錄於後：

陽慶引

今年祖龍死，乃至明年亡。佛貍死卯年，卻待辰年戕。歷數推遷小贏縮，天行有餘或不足。東「支」跳梁歷三世，四十五年稱偽「霽」。牂牁越巂入輿圖，兩戒山河歸宰制。佳兵不祥，天道好還，為賊自賊，為殘自殘。我國金甌本無缺，亂之初生自「支」孽。徵兵以「頋」州，加餉以「頋」州，土司一反西蜀憂，妖民一唱山東愁。以至神州半流賊，誰其嚆矢繇「支尤」。四入郊圻躪齊魯，破屠邑城不可數。刳腹絕腸，折頸摺頤，以澤量屍，幸而得囚，去而為「支」，「支」口呀呀，鑿齒鋸牙。建蚩旗，乘莽車，視千城之流血，擁豔女兮如花。嗚呼！「支」德之殘如此，而謂天欲與之國家！然則蒼蒼者其果無知也耶？或曰，完顏氏之興，不亦然與？中國之弱，蓋自五代，宋與契丹，為兄為弟，上告之神明，下傳之子孫，一旦與其屬支，攻其主人。是以禍成於道君，而天下遂以中分。然而天監無私，餘殃莫贖，海水雲昏，幽蘭景促，彼守緒之遺骸，至臨安而埋獄。子不見夫五星之麗天，或進或退，或留或疾，大運之來，固不終日。盈而罰之，天將棄蔡以壅楚，如欲取而固與。

盡力敝五材，火中退寒暑，湯降文生自不遲，吾將翹足而待之！

我乍看此詩時，頗有茫然之感。後來一想，纔知這可能是「韻學大師顧先生」耍的玩藝兒，他和現代人拍電報用韻目「東冬江」代「一二三」的辦法，來躲避「胡兒」的耳目。原來「陽虞」代替「亡胡」，〈陽虞引〉便是「亡胡引」；「支」代替「夷」，「東支」便是「東夷」，「支孼」便是「夷孼」；「齊」代表「帝」，「偽齊」便是「偽帝」；「願」代表「建」，「願州」便是「建州」；「尤」代表「酋」，「支尤」便是「夷酋」。這一首短詩，雖然不過寥寥數百字，卻是研究明清之際最直接的史料。我前面引到近代史學家朱希祖先生的〈後金國汗姓氏考〉，論到清朝諱稱金的緣故，他引日本稻葉君山《清朝全史》的話，認為是清太宗與明和議，亙數十次不成，因明人多以宋金前事為鑑，故國號曰金，深予明人以殺伐武斷的象徵。我以為亭林先生這首詩更可證明明朝人內心的真正情緒。亭林先生說：「或曰，完顏氏之興，不亦然與？中國之弱，蓋自五代，宋與契丹，為兄為弟，上告之神明，下傳之子孫，一旦與其屬支，攻其主人，是以禍成於道君，而天下遂以中分。」這段文獻，似亦可以證成朱先生和稻葉君山之說。至於「建州」，本是清人受命於明朝的部名。朱希祖先生說：「清太祖初建國時，其對明廷請和等文書，則稱建州國汗；對朝鮮移書，則稱後金國汗；而對其國內，則自稱金國汗，或稱大金國；稱明為南朝。故清太宗崇德元年所成《太祖武皇帝實錄》（原註：此書近在北平故宮博物院新發現，其中譯名及文句，皆與後出改本《實錄》不同。）云：『三姓人息爭，共奉布庫里英雄（後有註云：「英雄即巴圖魯」。改本《太祖實錄》則為布庫里雍順。）為主，其國定號滿洲，乃其始祖也。（註云：南朝誤名「建州」。）』然則建州為滿洲，實起於清太宗。至其何以諱建州而改滿洲，則亦不外以建州為女真族，仍恐引起宋金仇敵之觀念，且避去以屬官而反叛宗國之惡名。」根據這番話，滿洲忌諱稱建州，所以反清的顧先生的詩中，就偏要稱他忌諱的名稱。「徵兵以建州」，「加餉以建州」，也是一般明朝遺老迴護本朝仇視滿清的口吻。

這首詩，題下沒有註明作詩年分，敘次在順治十四年丁酉與順治十八年辛丑之間，不知道是在這五年當中的那一年。我們可以推知亭林先生做這首〈亡胡引〉時，必然有滿清在某一年滅亡的預言，所以說：「今年祖龍死。」「今年祖龍死」，乃秦代人詛咒秦始皇死亡的預言，借用來指斥滿清的滅亡。預言秦始皇死在今年，但始皇到明年纔死，時間雖遲一年，卻到底應驗了。北魏太武帝佛貍，當時也有預言辛卯年當死，卻遲到明年壬辰年纔死。意謂滿清今年不亡，明年一準要滅亡。因為滿人破屠邑城，刳腹絕腸，視干城之流血，擁豔女兮如花，夷德之殘如此，天還能與之國家嗎？這種「時日曷喪」的憎恨心理，恰和雍正上諭指斥呂留良的話：「日記所載怪風震雷，細星如彗，日光磨盪，皆毫無影響，妄捏怪誕之處甚多。總由其逆意中幸災樂禍，但以捏造妄幻，惑人觀聽為事。」是同樣的心理。由此可以證知相傳天地會的詩句，如「渡過烏龍見太平」，也是當日民間流行的預言。總之，這一切都是處在異族壓迫下一種反抗心理的表現。「湯降文生自不遲，吾將翹足而待之」，這是亭林先生和一般民族志士的希望和期待。臨到辛亥革命成功，滿清纔真正到了「樹倒猢猻散」的那一天，然而亭林先生和《紅樓夢》作者這一翹足便翹了二百多年了！

三、《紅樓夢》前八十回和後四十回的問題

胡先生來信又說：「我在做這種歷史的傳記的考證之外，還指出《紅樓夢》的絕大的版本問題。潘君全不相信我們辛苦證明的《紅樓夢》版本之學，所以他可以隨便引用高鶚續作的第八十八回，九十八回，百廿回，同原本八十回毫不加區別，這又是成見蔽人了。」我在答覆胡先生這一問題之前，先將當初求獲後四十回本的程偉元字小泉和高

鶚字蘭墅的序文，以及高程的引言抄錄下來：

程偉元序

《石頭記》是此書原名，作者相傳不一，究未知出自何人。惟書中記雪芹曹先生刪改數過。好事者每傳鈔一部，置廟市中，昂其值得數十金，可謂不脛而走者矣。然原本目錄一百二十卷，今所藏祇八十卷，殊非全本；即間有稱全部者，及檢閱仍祇八十卷，讀者頗以為憾。不佞以是書既有百二十卷之目，豈無全璧，爰為竭力搜羅，自藏書家甚至故紙堆中，無不留心。數年以來，僅積有二十餘卷。一日，偶於鼓擔上得十餘卷，遂重價購之。欣然繙閱，見其前後起伏，尚屬接榫，然漶漫不可收拾，乃同友人細加釐剔，截長補短，鈔成全部，復為鐫版，以公同好。《石頭記》全書至是始告成矣。書成，因並誌其緣起，以告海內君子。凡我同人，或亦先覩為快者歟！小泉程偉元識。

高鶚序

予聞《紅樓夢》膾炙人口者廿餘年，然無全璧，無定本。向從友人借觀，竊以染指嘗鼎為憾。今年春，友人程子小泉過予，以所購全書見示，且曰：「此僕多年銖積寸累之苦心，將付剞劂公同好。子閒且憊矣，盍分任之？」予以是書雖稗官野史之流，然尚不謬於名教，欣然拜諾，正以波斯奴見寶為幸，遂襄其役。工既竣，並識端末，以告閱者。時乾隆辛亥（一七九一）年冬至後五日鐵嶺高鶚敘並書。

程小泉高鶚引言

（一）是書前八十回，藏書家抄錄傳閱，幾三十年矣。今得後四十回合完成璧。緣友人借抄爭覩者甚夥，抄錄固難，刊版亦需時日，姑集活字刷印。因急欲公諸同好，故初印時不及細校，間有紕繆。今復聚集各原本，詳加校閱，改訂無訛。惟閱者諒之。

（二）書中前八十回，抄本各家互異，今廣集核勘，準情酌理，補遺訂訛。其間或有增損數字處，意在便於披閱，非敢誇勝前人也。

（三）是書沿傳既久，坊間繕本及諸家所藏秘稿，繁簡歧出，前後錯見。即如六十七回此有彼無，題同文異，燕石莫辨。茲惟擇其文理較協者，取為定本。

（四）書中後四十回係就歷年所得，集腋成裘，更無他本可考。惟按其前後關照者，略為修輯，使其有應接而無矛盾。至其原文，未敢臆改。俟再得善本，更加釐定，且不欲盡掩其面目也。小泉蘭墅又識。

看了上面的材料，顯然是程小泉經數年的訪求，獲得了《紅樓夢》的後四十回，遂成全璧。但是由於掇拾殘書，不免有漫漶破爛之處。於是請友人高鶚代為整理補綴，抄成全書。為了渴望已久的全本《紅樓夢》，一朝之間，得償夙願；又友人爭著借抄先睹，所以把它排版印行。這個事實，似乎很正常合理，並無可異之處。現在再看《胡適文存》的〈紅樓夢考證〉：

這段歷史裏有一個大可研究的問題，就是後四十回的著者究竟是誰？俞樾的《小浮梅閒話》裏考證《紅樓夢》的一條說：「《船山詩草》有〈贈高蘭墅鶚同年〉一首云：『艷情人自說紅樓。』註云：『《紅樓夢》八十回以後，俱蘭墅所補。』然則此書非出一手。按鄉會試增五言八韻詩，始乾隆朝，而書中敘科場事已有詩，則其為高君所補，可證矣。」俞氏這一段話極重要。他不但證明了程排本作序的高鶚是實有其人，還使我知道《紅樓夢》後四十回是高鶚補的，……後四十回是高鶚補的，這話自無可疑。我們可約舉幾層證據如下：第一、張問陶的詩及註，此為最明白的證據。第二、「俞樾舉的鄉會試增五言八韻詩始乾隆朝，而書中敘科場事已有詩」一項。這一項不十分可靠，因為鄉會試用律詩，起於乾隆二十一、二年，也許那時《紅樓夢》前八十回還沒有做成呢？第三、程序說先得二十餘卷，後又在鼓擔上得十餘卷。此話便是作偽的鐵證，因為世間沒有這樣奇巧的事！第四、高鶚自己的序，說得很含糊，字裏行間都使人生疑。大概他不願完全埋沒他補作的苦心，故引言第六條說：「是書開卷略誌數語，非云弁首，實因殘缺有年，一旦顛末畢具，大快人心。欣然題名，聊以記成書之幸。」因為高鶚不諱他補作的事，故張船山贈詩直說他補作後四十回的事。但這些證據固然重要，總不如內容的研究更可以證明後四十回與前八十回決不是一個人作的。我的朋友俞平伯先生，曾舉出三個理由來證明後四十回的回目也是高鶚補作的。他的三個理由是：(一)和第一回自敘的話都不合；(二)史湘雲的丟開；(三)不合作文的程序。這三層之中，第三層姑且不論。第一層是很顯明的：《紅樓夢》的開端明說「一技無成，半生潦倒」；明說「蓬牖茅椽，繩牀瓦竈」；豈有到了末尾說寶玉出家成仙之理？第二層也很可注意。第三十一的回目「因麒麟伏白首雙星」確是可怪！依此句看來，史湘雲後來似乎應該與寶玉做夫婦，不應該此語全無照應。以此看來，我們可以推想後四十回不是曹雪芹做的了。

以上是胡先生考證的要點。現在讓我慢慢和胡先生來商榷。

第一、張船山「豔情人自說紅樓」的詩註，明明是說高鶚所補，並未說是他補作。程高的敘和引言也是說：「漶漫不可收拾，乃同友人細加釐剔，截長補短，鈔成全部。」「惟按其前後關照者，略為修輯，使其有應接而無矛盾。」所以我們只能說他們略有部分的修補，而不可說全是他們補作的。而且，船山送高鶚的詩，不過是泛泛的應酬話，如果他有機會遇著程小泉，他依然可以送「豔情人自說紅樓」的詩給他的。

第二、胡先生說：「程序說先得二十餘卷，後又在鼓擔上得十餘卷。此話便是作偽的鐵證，因為世間沒有這樣奇巧的事！」照胡先生的說法，世間像這樣奇巧的事，便是作偽的鐵證了，這話能合於邏輯嗎？我們試看莫友芝郘亭《知見傳本書目》卷三記的一椿書林掌故：

《資治通鑑》二百九十四卷，宋司馬光撰，元胡三省音註。嘉慶二十一年，鄱陽胡克家翻刊元版盛行於世。此書元版明印者流傳尚多。因洪武初，取其板藏南監者，至成化後，傳印不絕；胡氏即從此版翻刊，摹勒特精，世愈重其印。同治戊辰，江蘇開書局，友芝董其役。議以鄱陽胡氏善印本重刊。授工之始，則自最末一帙層累而上。既若干卷，聞鄱陽猶在。冬十月，購至，實存前二百有七卷，而局刻適完所闕卷暨釋文辨誤，混然相接湊，異矣！

莫郘亭翻刻胡克家本《資治通鑑》，開工之後，聽見胡氏版片還在鄱陽，就把它買來，只存前二百零七卷，缺了後面八十多卷。天下事可也真巧，江蘇書局刻的版片，剛剛從最後一帙，倒刻上來，又剛剛刻到缺板為止，恰恰對頭，混然相接。世間居然有「世間沒有這樣奇巧的事」！而且，胡先生〈重印乾隆壬子本紅樓夢序〉裏指點容庚先生說：「凡作考據，有一個重要的原則，就是要注意可能性的大小。可能性 (Probability) 又叫做『幾數』，又叫做『或然數』，就是事物在一定情境之下能變出的花樣。把一個銅子擲在地上，或是龍頭朝上，或是字朝上，可能性都是百分之五十，是均等的。把一個不倒翁擲在地上，他的頭輕腳重，總是腳朝下的，故他有一百分的站立的可能性。」我們試用胡先生的理論來衡量這兩部書。一個是經幾年時間，銖積寸累，搜求購買，湊成全本；一個是一朝之間，混然接湊；這個可能性是誰大誰小呢？如果遵照胡先生的考證方法、邏輯方法，那又是莫友芝作偽的鐵證了。為什麼呢？「因為世間沒有這樣奇巧的事」！我們不妨再代胡先生設想，莫友芝經歷的事，到底不是胡先生和我們親身經歷的事。那麼，我且舉胡先生自身考證《紅樓夢》時經歷的事。胡先生跋〈紅樓夢考證〉云：

我那時在各處搜求敦誠的《四松堂集》，因為我知道《四松堂集》裏一定有關於曹雪芹的材料。我雖然承認楊鍾羲先生（《雪橋詩話》）確是根據《四松堂集》的，但我總覺得《雪橋詩話》是「轉手的證據」，不是「原手的證據」。不料上海北京兩處大索的結果，竟使我大失望。到了今年，我對於《四松堂集》，已是絕望了。有一天，一家書店的夥計跑來說，「《四松堂詩集》找著了！」我非常高興，但是打開書來一看，原來是一部《四松草堂詩集》，不是《四松堂集》。又一天，陳肖莊先生告訴我說，他在一家書店裏看見一部《四松堂集》。我說：「恐怕又是四松草堂罷！」陳先生回去一看，果然又錯了。今年四月十九日，我從大學回家，看見房門裏桌子上擺著一部退了色的藍布套的書，一張斑剝的舊書箴上題著《四松堂集》四個字。我自己幾乎不信我的眼力了，連忙拿來打開一看，原來真是一部《四松堂集》的寫本。這部寫本確是天地間唯一的孤本。因為這是當日付刻的底本，上有付刻時的校改，刪削的記號。最重要的是這本子裏有許多不曾收入刻本的詩文。凡是已刻的，題上都印有一個「刻」字的戳子。刻本未收入的，題上都帖著一塊小紅箋。題下註的甲子，都被編書人用白字塊帖去，也都是不曾刻的。——我這時的高興，比我前年尋著吳敬梓的《文木山房集》時的高興，還要加好幾倍了。我在四月十九日得著這部《四松堂集》的稿本，隔了兩天，蔡子民先生又送來一部《四松堂集》的刻本，是他託人向晚晴簃詩社裏借來的。果然凡底本裏題上沒有「刻」字的，都沒有收入刻本裏去。這更可以證明我的底本格外可貴了。蔡先生對於此書的熱心，是我很感謝的。最有趣的是蔡先生借得刻本之日，差不多正是我得著底本之日。我尋此書近一年多了，忽然三日之內兩個本子一齊到我手裏，這真是「踏破鐵鞋無覓處，得來全不費工夫」了！

照前面胡先生說到這樣的奇遇，究竟和高鶚程小泉的奇遇，可能性的大小有多少差別呢？胡先生似乎從未懷疑自己這樣奇遇是作偽的鐵證，何以硬要說這是高鶚作偽的鐵證呢！硬要說「到了乾隆五十六年至五十七年之間，高鶚和程偉元串通起來，把高鶚續作的四十回同曹雪芹的原本八十回合併起來，用活字排成一部，又加上一篇序，說是幾年之中搜集起來的原書全稿」呢！（語見〈重印乾隆壬子本紅樓夢序〉。）在我看起來，像這種巧事，和買馬票中頭獎的情形頗為類似，不過程小泉高鶚中的是第一期頭獎，莫友芝中的是第二期頭獎，而胡先生中的卻是第三期頭獎，這三個頭獎全是可以憑券領款，用不著懷疑的。倘或胡先生堅持程小泉高鶚定是作偽；那麼，再過三兩百年，服膺胡先生之教的人們，便可能要懷疑胡先生敘述得《四松堂集》的這段經過，也是胡先生作偽的鐵證。為什麼呢？「因為世間沒有這樣奇巧的事」！甚至於後世人懷疑胡先生作偽的可能性還比高程的來得大。為什麼呢？因為高鶚和程小泉的作品，他們如果願意署名，是他們的本分；如果他們不願意署名，他們也不用藏頭露尾，扭扭捏捏。而胡先生呢？為著《紅樓夢》的作者問題，和前輩論戰，和同輩論戰，和後輩論戰，似乎更有作偽的必要；而作偽的「可能性」、「或然性」，來得更大。到那時，真要令人興「九原不作」之嘆了！

胡先生又拿後四十回的內容來證明與前八十回決非一人作的。胡先生引述他朋友俞平伯先生的三個理由，我現在根據胡先生所述的話作答。這三層理由中的第三層，胡先生存而不論，我也置之不談。

第一個理由，據胡先生說：「第一層是很顯明的：《紅樓夢》的開端明說『一技無成，半生潦倒』；明說『蓬牖茅椽，繩牀瓦竈』；豈有到了末尾說寶玉出家成仙之理？」不過，我們得注意，「寶玉」之為曹雪芹，乃是胡先生個人的「假設」。曹雪芹不曾出家，所以胡先生就斷定寶玉不該出家，就斷定與第一回自敘不合。如果照前八十回的事實看來，寶玉應該出家是鐵定的，為什麼呢？

俄見一僧一道遠遠而來，生得骨格不凡，丰神迥別，說說笑笑，來至峰下，坐於石邊，高談快論。先是說些雲山霧海，神僊玄幻之事，後便說到紅塵中榮華富貴。此石聽了，不覺打動凡心，也想要到人間去享一享榮華富貴。但自恨粗蠢，不得已，便口吐人言向那僧道說道：「大師，弟子蠢物，不能見禮了。適聞二位談那人世間榮耀繁華，心切慕之。弟子質雖粗蠢，性卻稍通。況見二師仙形道體，定非凡品，必有補天濟世之材，利物濟人之德。如蒙發一點慈心，攜帶弟子得入紅塵，在那富貴場中，溫柔鄉裏，享受幾年，自當永佩洪恩，萬劫不忘也。」二仙師聽畢，齊憨笑道：「善哉！善哉！那紅塵中有卻有些樂事，但不能永遠依恃。況又有『美中不足，好事多磨』八個字緊相連屬，瞬息間則又樂極悲生，人非物換。究竟是到頭一夢，萬境皆空，到不如不去的好。」這石凡心已熾，那裏聽得進這話去？乃復苦求再四，二仙知不可強制，乃嘆道：「此亦靜極思動，無中生有之數也。既如此，我們便攜你去受享受享。只是到不得意時，切莫後悔。」石道：「自然，自然。」那僧又道：「若說你性靈，卻又如此質蠢，並更無奇貴之處。如此，也只好踮腳而已。也罷，我如今大施佛法，助你助。待劫終之日，復還本質，以了此案。你道好否？」石頭聽了，感謝不盡。那僧便念咒書符，大展幻術，將一塊大石登時變成一塊鮮明瑩潔的美玉，且又縮成扇墜大小的可佩可拿。（此節據《胡適文存》引脂本。今通行各本皆刪去。）

照這段自敘的話看來，寶玉出家正是「劫終之日，復還本質」，正是與第一回自敘相合。

第二、依作書的結構上看，寶玉也必然要歸到「出家」的路上。試看：

第三十回：黛玉心裏原是再不理寶玉的。這會子聽寶玉說叫別人知道倫們拌了嘴就生分了是的這一句話，又可見得比別人原親近，因又掌不住，便哭道：「你亦不用來哄我；從今以後，我也不敢親近二爺，權當我去了！」寶玉聽了，笑道：「你往那裏去呢？」黛玉道：「我回家去。」寶玉笑道：「我跟了去。」黛玉道：「我死了呢？」寶玉道：「你死了，我做和尚。」黛玉一聞此言，登時把臉放下來，問道：「想是你要死了，胡說的是什麼。你們家倒有幾個親姐姐，親妹妹呢！明兒都死了，你幾個身子做和尚去呢？等我把這話告訴別人評評理。」

第三十一回：襲人笑道：「姑娘，你不知道我的心，除非一口氣不來，死了倒也罷了。」黛玉笑道：「你死了，別人不知怎麼樣，我先就哭死了。」寶玉笑道：「你死了，我做和尚去。」襲人道：「你老實些兒罷，何苦還混說。」黛玉將兩個指頭一伸，抿著嘴兒笑道：「做了兩個和尚了，我從今以後，都記著你做和尚的遭數兒。」寶玉聽了，知道是點他前日的話，自己一笑，也就罷了。

寶玉反覆說要做和尚，這正是為寶玉出家安置的伏筆。第二十二回，聽曲文寶玉悟禪機，從〈寄生草〉的「赤條條來去無牽挂」悟入，以至寫「心證意證」的偈語，更是出家的先聲。文勢所趨，胡先生雖不欲寶玉出家，寶玉如何能不出家？

關於第二層理由，胡先生又說：「依第三十一回的回目，因麒麟伏白首雙星這一句看來，史湘雲後來似乎應該與寶玉做夫婦。」但是我們從全書敘述看來，寶釵和寶玉的關係，除林黛玉外，再無人可與她相比。賈寶玉有玉，薛寶釵有金鎖；玉上的文句是「莫失莫忘，仙壽恆昌」，金鎖上的文字是「不離不棄，芳齡永繼」，詞意字字相對，真是一個半斤，一個八兩。所以第八回寶釵看玉時，鶯兒在旁發獃，也嘻嘻的笑道：「我聽這兩句話，倒像和姑娘項圈上的兩句話是一對兒！」寶玉看金鎖時，看了金鎖上兩句吉讖——不離不棄，芳齡永繼——也念了兩遍，又念自己的兩遍，笑道：「姐姐這八個字，倒和我的是一對兒！」鶯兒還點明是癩頭和尚送的，說必須鏨在金器上。試想八字配合得這樣巧，還能不結婚嗎？再看，寶玉挨打後，薛家全都疑心是薛蟠刁唆的，誰知卻錯怪了薛蟠。薛蟠性急，氣得要去打死寶玉，寶釵攔勸他，他越發說道：「我早知你的心了。從先媽媽和我說，你的金鎖要揀有玉的纔可配；你留了心，見寶玉有那撈什子，你自然如今行動護著他。」這一番話，更是「司馬昭之心，路人皆知」了！第三十六回，繡鴛鴦夢兆絳芸軒，識分定情悟梨香院：寶釵到了怡紅院，寶玉正睡午覺，她坐在寶玉身旁，忽見寶玉在夢中喊罵說：「和尚道士的話如何信得，什麼金玉姻緣，我偏說木石姻緣！」寶釵聽了這話，不覺怔了。由此看來，寶釵和寶玉的姻緣是註定了的，寶玉雖想極力反抗也不能了！我們試玩索全書，還是湘雲該和寶玉結婚？還是寶釵該和寶玉結婚？

以上種種胡先生所認定高鶚作偽的鐵證，在我們看來，沒有一樁是鐵證。如果胡先生是法官的話，根據這些所謂「鐵證」，就判決了這樁「鐵案」，我想高鶚地下有靈，也要提起上訴的罷！

另外一點，胡先生還說到後四十回文筆不如前八十回，但又說：「寫司棋之死，寫鴛鴦之死，寫妙玉之遭劫，寫鳳姐的死，寫襲人的嫁，都是很有精采的小品文字。最可注意的是這些人都寫作悲劇的下場。還有那最重要的『木石前盟』一件公案，高鶚居然忍心害理的教黛玉病死，教寶玉出家，作一個大悲劇的結束，打破中國小說的團圓迷信。」果如胡先生所言，後四十回的寫作已經夠稱為中國文壇怪傑了。這個事實是怎樣形成的呢？正因為這是中國民族大悲劇，所以纔能產生這悲劇性的偉大作品，纔能打破中國小說的團圓迷夢。高鶚何人，胡先生未免太擡舉他了！

四、結　論

胡先生考證《紅樓夢》所提出來的結論，經我平心靜氣，一樁一樁的反覆推求以後，我委實不敢相信胡先生的說法可以成為「定論」。我倒認為程小泉、高鶚所說的「《石頭記》是此書原名，作者相傳不一，究未知出自何人」一番話還比較近於事實。胡先生因為用了「獅子搏兔」的力量，考證了許多曹雪芹的家事，硬要斷定《紅樓夢》作者就是曹雪芹，曹雪芹就是賈寶玉；硬要斷定賈府就是「曹家」，甄府就是「江南的曹家」。胡先生自以為石破天驚，愜心貴當；然而平心考索，可就障礙重重，觸處都發生問題了。即如曹頫並非學政，寶玉偏是出家，情節不符，不必再論。試看《紅樓夢》全書，一方面對於曹府的描寫，著意鋪排成帝王的氣派。如秦可卿的出喪（第十三回），史太君的做壽（第七十一回），這在曹家如何附會得上？第二十九回寫賈母等往清虛觀打醮，有這麼一段：

> 且說賈珍方要抽身進來，只見張道士站在旁邊，陪笑道：「論理，我不比別人，應該裏頭侍候。只因天氣炎熱，眾位千金都出來了，法官不敢擅入。請爺的示下，恐老太太問，或要隨喜那裏，我只在這裏伺候罷了。」賈珍知道這張道士雖然是當日榮國公的替身，曾經先皇御口親呼為大幻仙人，如今現掌道錄司印，又是當今封為終了真人，現今王公藩鎮都稱為神仙，所以不敢輕慢；二則他又常往兩個府裏去，太太姑娘們都是見過的。今見他如此說便笑道：「偺們自己人，你又說起這話來。再多說，我把你這鬍子還揪了你的呢！還不跟我進來呢！」

先皇御口親呼的大幻仙人，當今皇帝手封的終了真人，王公藩鎮尊重的活神仙，現掌道錄司的印，這身分該不在龍虎山的張天師之下！等到這張道士請出了通靈寶玉給他的道友門徒瞻仰，各道士都把傳道法器上獻為敬賀之禮，當賈母要推辭不收時，張道士卻說：「這是他們一點敬意，小道也不能阻擋，老太太要不留下，倒叫他們看著微薄，不像是門下出身了！」御口親呼的仙人，而是在賈府門下出身，這個「門」真是非同小可了！

同時，另一方面，《紅樓夢》的作者對於賈府的惡意仇視，時時流露於字裏行間。焦大柳湘蓮的當面明罵，尤三姐託夢時的從旁控訴（戚本第六十九回說：「姐姐，你終是個痴人，自古天網恢恢，疏而不漏。天道好還，你雖悔過自新，然已將人父子兄弟致於聚麀之亂——父子兄弟聚麀之亂即是爬灰養小叔的意思——天怎容你安生。」），在在都表現作者對賈府的痛恨。作者自敘早經聲明此書是「按蹤循跡，不敢稍加穿鑿」的，那麼書中這樣反覆致意的敘述，總該是事實了！胡先生〈紅樓夢考證〉說：「曹雪芹家自從曹璽曹寅以來，積成一個很富麗的文學美術的環境。他家的藏書在當時要算一個大藏書家，他家刻的書至今推為精刻的善本。富貴的家庭並不難得，但富貴的環境與文學美術的環境合在一家，在當日的漢人中是沒有的，就是當日的八旗世家中，也很不容易尋找了。」我很懷疑，原來「一個很富麗的文學美術的環境」，即是一個「爬灰養小叔的環境」！曹家「很富麗的文學美術的環境」已被胡先生發現了，曹家「爬灰養小叔」的事實，不知胡先生可曾得著了「鐵證」沒有？如果這一切都沒有「鐵證」，胡先生的說法如何說得通？

近三十年來，談到《紅樓夢》，差不多可以稱為「胡適時代」了。胡先生目之所見，耳之所聞，盡是一派贊成歌頌之聲，自然有一種「道一風同」的愉悅。現在忽然看見我的一番議論竟和胡先生的主張大大相反，自然不免叫胡先生認為是「成見蔽人」，「應該打倒」的了。不過，我願意懇摯的聲明，關於《紅樓夢》這部書，我只是一個平凡的讀者，腦海中留下許多的深刻印象，對胡先生的主張發生了一大串的疑問。忍不住將所得到的印象和所懷抱的疑團，寫出來就正於並時異世的讀者。本來研究學術，反覆討論，乃是人生一種最高的享受。古人「奇文共欣賞，疑義相與析」的樂趣，原是寄託在「樂與數晨夕」的「素心人」。在「賞奇析疑」的過程中，自然免不了有不同的看法，相異的見解，有如齊如山先生所說的：「擡學問槓，不但於學問有益，且極有趣味。」大凡世間一切學說真理，全靠不同的見解眼光，相摩相盪，相激相溶，而後能獲得真知，產生至樂。我個人治學的態度，一向以尊重事實，服從真理為依歸。對於《紅樓夢》一書的見解，也只是作為一個讀者的看法。我不敢執著自己主觀的成見，也不願受任何成見的束縛，胡先生認定《紅樓夢》的作者是曹雪芹，寶玉便是曹雪芹的化身，賈府便是曹家的影子；他每得到一份新材料，便斬釘截鐵的寫下斷案，幾乎沒有討論的餘地，這種態度，私心不敢認為至當。例如胡先生看見脂硯齋重評《石頭記》抄本，便說：「賴有此本獨存，使我們知此書作者確是曹寅的孫子。」不過我仔細讀完脂評本後，卻發現《紅樓夢》的原作者，並不是曹寅的孫子；這一問題的話太長，容我另寫一篇專文請教讀者和胡先生。總之，這一切的不同看法，只因為我是一個愛好《紅樓夢》的讀者，既不願埋沒原作者的用心，也不願抹殺《紅樓夢》的真價值。我熱誠期待一切珍貴的指教，為了解決我個人的疑團，為了揭開《紅樓夢》的真相！

脂評《紅樓夢》新探

一、脂評本的概況

《紅樓夢》最初只有鈔本，沒有刻本。到了乾隆五十六年（一七九一）至五十七年（一七九二）之間，程偉元、高鶚用活字排版印行一部百二十回本的《紅樓夢》，一出來就風行一時，成為後來一切刻本的祖本。自一九二七年以後，陸續發現了幾部抄本的脂硯齋重評的《紅樓夢》，考證《紅樓夢》的人如獲至寶，胡適俞平伯諸氏斷言《紅樓夢》的作者是曹雪芹，也以脂批《紅樓夢》為主要的佐證。對於脂評的看法，與作者問題具有絕大的關係。現在我將胡適、俞平伯、周汝昌諸氏的意見和幾個人的看法，分別敘述於後。在敘述之前，先把抄本脂評《紅樓夢》的概況介紹一下（根據胡適、俞平伯、周汝昌諸氏搜集的材料）。

屬脂硯齋系統的本子，廣義說來共有五個。依原記年分為次序排列在左方。事實上各本多出傳抄，真正抄寫的年月不明，所附干支只是底本的年分。如甲戌為一七五四指底本說，現存的甲戌本並非一七五四年抄的，遠在這個以後。餘可類推。

（一）乾隆十九年甲戌（一七五四）脂硯齋抄閱再評本（簡稱甲戌本）大興劉銓福原藏，後來轉歸胡適。殘存十六回，一至八，十三至十六，二十五至二十八回。

（二）乾隆二十四年己卯（一七五九）冬月脂硯齋四閱評本（簡稱己卯本）陶心如藏。殘存三十八回，一至二十，三十一至四十，六十一至七十回，內缺六十四、六十七兩回，後經抄配。

（三）乾隆二十五年庚辰（一七六〇）秋脂硯齋四閱評本（簡稱庚辰本）北京徐星曙原藏，後歸燕京大學圖書館。一九五五年文學古籍刊行社影印。凡七十八回，缺六十四、六十七兩回。

（四）乾隆四十九年甲辰（一七八四）菊月夢覺主人序本（簡稱甲辰本）近年在山西發現，凡八十回。

（五）有正書局石印戚蓼生序本（簡稱有正本、戚本）德清戚蓼生原藏，後歸狄平子。凡八十回，重抄付印，底本已毀，原來年代不明。有正兩次石印，一種大字本，一種小字本。

以上各本的評注，或詳或略，或有或無，並不一律。大約甲戌、己卯、庚辰本都是脂本的嫡系。戚本也屬於這個系統。甲辰本不題脂評，也不提起它，原非真正的脂本系統；不過他確看見過脂本，據脂本錄評而又刪節了去，在第十九回上有明文。校者自己又增補了些，分量也不多。

以多少而論，甲戌本殘存十六回而批注很密。庚辰本次之，從第十二回始有評，最先的十一回一清如水，無批注。己卯本又次之，很少眉批夾批，只有雙行批注。但第十回各本均少批注，獨己卯本有夾批若干條。戚本批注也不少，到第四十回以後幾乎全缺。甲辰本評注最少，第三十七回以後也幾乎沒有了。到了程高排印便把它們都刪了去，只留下一些「漏網之魚」，大約原來都寫作大字的，到現在還可以看出這些痕跡來。

現在合計諸脂本，則脂批的存量如下（據周汝昌《紅樓夢新證》所統計）：

第一回至第九回　有評
第十回、第十一回　無評（俞說：己卯有夾批若干條）
第十二回至第廿八回　有評
第二十九回至第卅二回　無評

第三十三回至第五十八回　有評
第五十九回　無評
第六十、六十一回　有評
第六十二回　無評
第六十三回至第六十六回　有評
第六十七回至第六十九回　無評
第七十回至第八十回　有評

八十回書中，只有十一回沒有脂批；這其中，洋洋灑灑，數百條批語，短至一字，長為巨文；有的在正文之下，雙行夾寫；有的在正文之旁，行間附註；有的在書眉之上；有的在章回之前後，紛紜不一。脂批雖亂，但持三本對勘之下，便有頭緒可尋；甲戌本的批，搜得最全，抄得也最亂，地位也不嚴格，有時被移動，單看去很難摸著頭腦。戚本則只有正文內雙行夾注，並無眉批與行間批。可貴的是庚辰本三者都有，而且墨色與地位分明，因此三本的批，都可參對出眉目來了。原來戚本所存的雙行夾注，在庚辰本也是雙行夾注，與正文同用墨寫，沒有一條例外。而庚辰本所有的眉批與行間批，都是另手由硃筆過錄；這些硃批的文字，戚本上一條也沒有；甲戌本上卻或有或無，而凡是有的，地位是眉上抑行間，則又大都相符；不過因甲戌本連雙行夾注也一齊用了硃筆，又多不作夾注而寫在行旁；而眉批、行間批，又多省去年月署名，或寫在章回之前後，成了總評的模樣，以致完全攪亂了罷了。現在用庚辰本一校，依然條理畢現。因此，我們得知，脂批共有兩種：一是原來所有的雙行夾注，一是後來過錄的眉上行間硃批，二者是互不相擾的。

眉批中硃筆署名的共有四人：脂硯、梅溪、松齋、畸笏（胡適跋庚辰本）。四人之中，除脂硯外，梅溪的批，只有一條；署名松齋的，也只有一條。惟獨畸笏的批，署名的與不署名而有年月可考的達六七十條之多。至於雙行夾注的批，末尾很多署名脂硯、脂研、脂硯齋、脂硯齋評、脂硯齋再筆，還有一條僅署「再筆」的，其為「脂硯再筆」之省亦可無疑。這些署名，甲戌本與戚本裏一條也沒保留，全被刪去。

胡適在跋庚辰本文內曾計算過硃批，有年月的共九十三條：已卯冬的，二十四條；壬午春夏秋的，四十二條；乙酉的，一條；丁亥夏的，二十六條。這些批裏凡壬午、乙酉、丁亥三年頭的，多署畸笏，沒有一條署脂硯的；而己卯冬夜的批，有一條署脂硯，卻沒有署畸笏的，可知各為一人一時所批。又可見所有硃批，多出於脂硯與畸笏二人之手。又甲戌本一眉批末署「甲午八月淚筆」，此為硃批可考之最晚年月。綜合現存脂本的材料，可以知道脂批自乾隆十九年甲戌，直到乾隆三十九年甲午，二十年間，每隔幾年，迤迤邐邐，不斷有批語加進去，纔成為現在脂批的樣子。

二、脂硯齋是誰

(一)胡適的說法

胡氏在〈考證紅樓夢的新材料〉一文（《胡適文存》第三集）中，他認為脂硯齋是曹雪芹同族親屬，也許是曹顒或曹頫的兒子。胡氏說：

脂硯齋是同雪芹很親近的，同雪芹弟兄都很相熟，我並且疑心他是雪芹的親屬。

第十三回寫秦可卿托夢於鳳姐一段，上有眉評云：

「樹倒猢猻散」之語，全猶在耳，曲指三十五年矣。傷哉！寧不慟殺！

又可卿提出祖塋置田產附設家塾一段上有眉批云：

語語見道，字字傷心。讀此一段，幾不知此身為何物矣。松齋。

又此回之末鳳姐尋思寧國府中五大弊，上有眉評云：

舊族後輩受此五病者頗多。余家更甚。三十年前事，見書於三十年後，今（令？）余想慟血淚盈換。（此處疑脫一字。）

又第八回賈母送秦鐘一個金魁星，有硃評云：

作者今尚記金魁星之事乎？撫今思昔，腸斷心摧。

看此諸條，可見評者脂硯齋是曹雪芹很親的族人，第十三回所記寧國府的事即是他家的事，他大概是雪芹的嫡堂兄弟或從堂弟兄，——也許是曹顒或曹頎的兒子。松齋似是他的表字，脂硯齋是他的別號。

後來，胡氏看到了庚辰本的脂批以後，他又說：

現在我看見了此本，我相信脂硯齋即是那位愛吃胭脂的寶玉，即是曹雪芹自己。

……脂硯只是那塊愛吃胭脂的頑石，其為作者託名，本無可疑。

根據這番話，我們知道胡氏最後的論斷，竟認為脂硯齋即曹雪芹，曹雪芹即是書中的賈寶玉了！

(二)俞平伯的說法（編按：節錄自俞平伯《脂硯齋紅樓夢輯評·引言》）

人人談脂硯齋，他是何人，我們首先就不知道。在庚辰本上，……須談論的只有這兩個大評家，脂硯與畸笏了。……我想簡單的提出三個問題，……脂硯齋是誰？畸笏叟是誰？脂硯跟畸笏是一是二？先回答第三個。既有兩個名字，我們並沒有什麼證據看得出他們是一個人，那麼就當他們兩個人好了。我覺得沒有牽合混同的必要。回答第一個問題，以證據缺乏，很感困難。脂硯是否即是曹雪芹的化名我不敢說，有一點確定的，即所謂真的脂評，有作者的手筆在內。但這並不等於說脂硯齋即曹雪芹。……

第二個問題，畸笏叟何人？他可能是老輩，比雪芹行輩要尊。看他自稱「叟」、「老人」可知，……

對上列三個問題，我可能的解答不過如此，到底沒有說出誰是誰非；但咱們卻不妨信賴這些批注。因他們一小部分為作者自評，其大部分出於作者最近的親屬。無論從哪一方面來估價，總歸是非常高的。

(三)周汝昌的說法（編按：節錄自周汝昌《紅樓夢新證》）

此人如不是一個女性，一切都難以講得通，在二十六回，有一條旁批說：……回思將余比作釵顰等乃一知己，余何幸也！……要注意這條批的重要性：一、明言與釵顰等相比，斷乎非女性不合；二、且亦可知其人實即與釵顰同流，而非次等的人物。……至四十八回一雙行夾批說：……故《紅樓夢》也。余今批評，亦在夢中。特為夢中之人，特作此一大夢也！脂硯齋。她已明說了自己不但是夢中人（即書中人，夢字承上文書名，乃相關語），而且也好像特為了作此夢中人而作此一大夢——經此盛衰者。……第三十八回……此處一雙行夾批云……令人遙憶不能一見！余則將欲補出枕霞閣中十二釵來，豈不又添一部新書？……枕霞閣原是賈母娘家舊事，也就是湘雲家舊事。湘雲之想望枕霞盛日，正如同雪芹追懷寧榮之盛世一樣，……這正是脂硯因見書中提自家舊事而有感，偶亦欲效雪芹之傳奇問世。

……《續閱微草堂筆記》云：……戴君誠夫曾見一舊時真本，八十回之後，皆不與今同。榮寧籍沒後，皆極蕭條，寶釵亦早卒，寶玉無以作家，至淪為擊柝之流；史湘雲則為乞丐，後乃與寶玉仍成夫婦，故書中回目有「因麒麟伏白首雙星」之言也。……這條記載的重要性是無比的，白首雙星的回目，歷來無人懂，在此則獲得了解釋。……寶釵先與寶玉成夫婦，脂批裏疊有明文；她先嫁早卒，不會是雪芹的未亡人。湘雲若後嫁寶玉，而雪芹先之而逝，不是正好相合麼？脂批既是女性，又像湘雲，那麼我上文所謂芹脂二人的「不即不離似一似二」的「微妙的關係」，至此大有洞如觀火之快了。

……「既稱脂硯齋，此人定當是用胭脂研汁寫字」的話。因為單看此一齋名，已不難明白：以胭脂而和之於筆硯的人，分明是個女子的別號，……脂硯若即是「湘雲」的別署，很合乎少年才女的情致。到壬午年，雪芹年已四十，脂硯也相差不多，非復少懷，乃不用舊名，又特起了一個怪號叫「畸笏」。……畸笏即是脂硯，即似湘雲，頗覺合理。至於畸笏之下往往用個「叟」，用個「老人」字樣，那也無非是故作狡獪，瞞蔽閱者而已，猶之乎「脂硯先生」一樣，看上去與男名無異，但單憑了這一二字樣，我覺得是不足以影響了以上的推證和結論的。

三、我對脂評的看法

我看過現存脂硯齋重評《石頭記》的評語以後，我的見解和胡俞諸人完全不同。我發現這群批書人，是與曹雪芹有交誼的旗人。這群旗人都是沾染中華文化的「紅迷」；他們都是自命不凡的文人，在旗人中不妨算是「庸中佼佼」的學者，而漢學的程度實在有限得很。他們的《石頭記》的評語，總算現存紅學較早期的評語。他們把曹雪芹看成作者，而所謂作者實在另有解釋，實在不是著書的作者。他們讀《紅樓夢》，只是隨著書中故事內容而感傷流淚；他們並未把賈寶玉看成是曹雪芹的自敘。他們評語中的口吻彷彿是書中當事人的口氣和感情，其實是評書人受小說激刺感染的幻化。近人胡適、周汝昌諸氏根據脂硯齋評語，斷定作者是曹雪芹，認定賈寶玉即是曹雪芹，一部書即是曹雪芹的寫實自傳，乃至認評書的脂硯齋即是曹雪芹或史湘雲，我細加考索之後，覺得他們的說法，都沒有可靠的證據，不能叫我接受。現在把我的看法，分層敘述如次。

(一)評書人的口吻

梁任公曾經有一篇文章，談到小說具有支配人心的魔力，它使人熏染沉浸刺激提升而不自覺。他說：

凡讀小說者，必常若自化其身焉；入於書中，而為其書之主人翁。談《野叟曝言》者，必自擬文素臣；讀《石頭記》者，必自擬賈寶玉；讀《花月痕》者，必自擬韓荷生若韋癡珠；讀《梁山泊》者，必自擬黑旋風若花和尚；雖讀者自辯其無是心焉，吾不信也。夫既化其身以入書中矣，則當其讀此書時，此身已非我有，截然去此界以入於彼界，所謂華嚴樓閣，帝網重重，一毛孔中，萬億蓮花，一彈指頃，百千浩劫。文字移人，至此而極。

這段話拿來看《紅樓夢》，例證更為顯明，因為《紅樓夢》文筆所具的魔力特別大，影響讀者特別深；男讀者心目中的對象是林妹妹，女讀者心目中的對象自然是寶哥哥。姑舉兩個現成的例子，《庸閒齋筆記》云：

余弱冠時，讀書杭州，聞有賈人女，明豔工詩；以酷嗜《紅樓夢》故，致成瘵疾。當緜惙時，父母以是書貽禍，取投之火。女在床，乃大哭曰：「奈何燒殺我寶玉！」遂死。杭人傳以為笑。

這是女讀者著魔的實證。還有《三借廬筆談》說：

蘇州金姓，吾友紀友梅之戚也，喜讀此記。設林黛玉木主，日夕祭之。讀至絕粒焚稿數回，則嗚咽失聲，中夜常為隱泣，遂得癇疾。一日，炷香長跽，良久起，拔爐中香出門。家人問何之，曰：「往警幻天見瀟湘妃子耳！」家人雖禁之，而或迷或悟，哭笑無常，卒於深夜逸去，尋數月始獲云。

這是男讀者著魔的實證。了解這一批紅迷的心理，然後纔能明白脂硯齋（實在也可稱之為紅迷）的批語，有許多是在著魔狀態中的口吻。他受《紅樓夢》的痲醉催眠，不知不覺的神遊大觀園中，太虛境裏，和園中的姊妹們耳鬢廝磨，隨著她們的喜怒哀樂而啼笑無常，叫罵不一。他不但覺得大觀園中一草一木，釵黛襲平一顰一笑都是真事真情，連青埂峰、太虛境都是實地實景。他隨著書中情景的幻變，化身為書中各種各色的人物。如果把他這種著魔的筆墨，認做真話，那無怪胡適要說脂硯齋是曹雪芹，周汝昌要說脂硯齋是史湘雲了。我們試略分析觀察，有時脂硯齋化身為寶玉，而且和林妹妹情話綿綿。

第二十六回黛玉說：

> 人家睡覺，你進來作什麼？（甲戌脂評）余代答云：來看看妹妹說說話兒，解解妹妹的午倦可好不好？

第四十七回：

> 問他這幾日秦鐘的墳上去了沒有。（庚辰脂評）忽提此人，使我墮淚。

這批書人分明是寶玉的口吻。而這批書人的口吻，隨時在變化，似乎和書中任何人都是有微妙密切的關係，他稱寶玉為玉兄，如：

第十五回：水溶見他語言清楚，談吐有致。（庚辰眉批）八字道盡玉兄，如此等方是玉兄正文寫照。壬午季春。

秦鐘笑道：好人。（庚辰夾批）前以二字稱智能，今又稱玉兄，看官細想。眾小廝忙斷喝攔阻，寶玉忙丟開手，陪笑說道。（庚辰眉批）一忙字，二陪笑，寫玉兄是在女兒分上。壬午季春。

第十九回：再不說這話了。（庚辰夾批）只說今日一次，呵呵。玉兄玉兄，你到底哄的那一個。

第二十六回：倚在床上拏著本書看。（庚辰夾批）這是等芸哥看故作欵式，若果真看書，在隔紗窓子說話時已放下了。玉兄若見此批，必云：「老貨，他處處不放鬆我，可恨！可恨！」回思將余比作釵顰等乃一知己，余何幸也。一笑。

有時，又稱寶玉為石兄，如：

第八回：寶釵托於掌上。（甲辰）試問石兄此一托，比在青埂峰下何如？（甲戌眉批）余代答曰：遂心如意。

寶玉正在心甜意洽之時，和寶黛姊妹說說笑笑的。（甲戌）試問石兄，當日青埂峰猿啼虎嘯之聲何如？

用自己的手帕包好塞在褥下，次日戴時便冰不著頦子。（甲戌）試問石兄此一渥，比青埂峰下松風明月如何？

第二十回：一心只想妝狐媚子哄寶玉，哄的寶玉不理我。（庚辰夾批）看這句幾乎把批書人嚇殺了。幸有此句，不然，我石兄襲卿掃地矣。

他稱黛玉為黛卿、顰卿、阿顰、顰兒，如：

第十八回：搓成個團子擲在他眼前。（庚辰眉批）紙團送遞，係應童試秘訣，黛卿自何處學得，一笑。丁亥春。

第十九回：幹也罷了。（庚辰）一轉細極，這方是顰卿，不比別人，一味固執死勸。

第二十七回：黛玉葬花一段。（庚辰眉批）開生面，立新場，是書不止《紅樓夢》一回，惟是回更生更新。且讀去非阿顰無是佳吟，非石兄斷無是章法行文，愧殺古今小說家也，畸笏。

黛玉葬花詩。（庚辰眉批）余讀《葬花吟》凡三閱，其悽楚感慨，令人身世兩忘，舉筆再四不能加批。

「先生想身非寶玉，何得而下筆。即字字雙圈，料難遂顰兒之意。俟看過玉兄後文再批。」

噫嘻！客亦《石頭記》化來之人，故擲筆以待。

第二十八回：一朝春盡紅顏老，花落人亡兩不知等句，不覺慟倒山坡之上。（庚辰眉批）不言鍊句鍊字辭藻工拙，只想景想情事想理，反復推求悲感，乃玉兄一生之天性。真顰兒之知己，玉兄外實無一人。想昨阻批《葬花吟》之客，嫡是寶玉之化身無疑，余幾作點金為鐵之人，幸甚幸甚。

其他稱寶釵為寶卿，襲人為襲卿，妙玉為妙卿，湘蓮為蓮卿，稱鳳姐為卿，湘雲為卿，稱賈璉為璉兄，薛蟠為老兄。不特此也，我們又可看出批者非常心愛平兒的精靈柔順。

口口聲聲稱平姐，稱阿平，也像是有極膩密的關係。

第十六回：那薛大傻子真玷辱了他。（庚辰）垂涎如見，試問兄寧有不玷平兒乎？脂研。

奶奶自然不肯瞞二爺的。（甲戌）平姐欺看書人也。

第二十一回：口裏說著，晹他不防便搶了過來。（庚辰夾批）畢肖。璉兄不分玉石，但負我平姐，奈何奈何。

難道圖你受用。（庚辰夾批）阿平，你字作牽強，余不畫押，一笑。

批書人對書中人不但稱呼親暱，而且彷彿都是同時伴侶，所以他常常和書中人打招呼。

第一回：俄而大轎內擡著一個烏紗猩袍的官府過去了。（甲戌）雨村別來無恙否？可賀！可賀！

第六回：和一個纔留了頭髮的小女孩兒，站在臺磯石上頑。（甲戌）蓮卿別來無恙否？

他不但和賈雨村、香菱問好，而且也和跛足道人熟識問訊。

第十二回：忽然這日有個跛足道人。（庚辰）自甄士隱隨君一去，別來無恙否？

從搭褳中。（庚辰）妙極，此搭褳猶是士隱所搶背者乎？

因為批書人與書中人物關係如此之深，所以他的感情和書中人互相呼應。

第四回：雨村心下甚為疑怪。（甲戌）原可疑怪，余亦疑怪。

第八回：（寶釵說）成日人家說你的這玉，究竟未曾細細的賞鑒，我今兒倒要瞧瞧。（甲戌）余亦未曾細細的賞鑒，今亦欲一見。

第十九回：不覺吃一驚。（庚辰）余亦吃驚。

因此哭鬧一陣。（庚辰夾批）我亦要哭。

第二十六回：這兩句話不覺感動了佳蕙心腸。（庚辰夾批）不但佳蕙，批書者亦淚下矣。

也不顧蒼苔露冷，花徑風寒，獨立牆角邊花陰之下，悲悲戚戚嗚咽起來。（甲戌）可憐殺！可疼煞！余亦淚下。

第六十三回：當時芳官滿口嚷熱。（庚辰）余此時太熱了，恨不得一冷。既冷時思此熱，果然一夢矣。

第六十五回：除了他還有那一個。（庚辰）余亦如此想。

第七十五回：都悚然疑畏起來。（庚辰）余亦悚然疑畏。

眾姊妹弟兄皆要聽是何笑話。（庚辰）余也要細聽。

第七十六回：二人皆詫異。（庚辰）原可咤異，余亦咤異。

乃至第二十一回，賈璉和多姑娘胡調淫蕩一回，批書人也感同身受。

使男子如臥綿上。（庚辰）如此境界，自勝西方蓬萊等處。

喜得賈璉身癢難撓。（庚辰夾批）不但賈兄癢癢，即批書人此刻幾乎落筆。試問看官，此際若何光景。

像這一類的批語，如果照周汝昌說是出自「史湘雲」手筆，她寫出這種妙評給讀者欣賞，自然還要先給「她的丈夫曹雪芹」欣賞，這真是太不合事實情理了。許多人從批書人的口氣，看成和書中人有種種親屬關係似的，什麼是作者自己，作者的家族，作者的後妻，加以種種推測，實在都是誤把批書人催眠狀態中的囈語當作實話，等於把往警幻天見瀟湘妃子的蘇州金某當作大觀園的活寶玉，豈非天地間最滑稽的事麼？我們看脂評《紅樓夢》，首先便須認清這一點，方免執著囈語，當成真正事實的謬誤。

㈡脂評的「嫡真實事」

脂評中常有「事亦實事」（第一回），「嫡真實事」（第二回）一類的評語，胡適諸氏常常據為曹家實事的根據。硬把《紅樓夢》的描寫，拉上曹家的世系，牽合成「投影地圖」似的。其實脂評所謂真人實事，只是誇張《紅樓夢》作者筆下描寫人物事態的逼真。如第十五回：

（智能說）我難道手裏有蜜。（庚辰）一語畢肖，如聞其語，觀者已自酥倒，不知作者從何著想。

那張家急了。(庚辰) 如何便急了,話無頭緒,可知張家禮缺。此係作者巧摹老尼無頭緒之語,莫認作者無頭緒,正是神奇處。摹一人,一人必到紙上活現。

秦鐘跑來便摟著親嘴。(庚辰眉批) 實表奸淫尼庵之事如此。壬午季春。

總批 (有正) 請看作者寫勢利之情,亦必因激動,寫兒女之情,偏生含蓄不吐,可謂細針密縫。其述說一段,言語形跡無不逼真,聖手神文,敢不薰沐拜讀。

所謂「紙上活現」、「形跡逼真」,便是脂評所指的真人真事。因為描寫的技巧,到達最高境界,筆下造型的人物事實,儼如天造地設的真人真事,所以脂評說《紅樓夢》不是作者編得出來的,也不是作得出來的。

第三十九回:老親家!你今年多大年紀了。(庚辰) 神妙之極。看官至此必愁賈母以何相稱,誰知公然曰老親家,何等現成,何等大方,何等有情有理。若云作者心中編出,余斷斷不信。何也?蓋編得出者,斷不能有這等情理。

第四十六回:鳳丫頭也不提我。(庚辰) 阿鳳也有了罪,奇奇怪怪之文,所謂《石頭記》不是作出來的。

《紅樓夢》作者閱世深，材料豐，雖是虛構的境界，卻能寫感情，寫事態，寫得逼真活現，儘管是虛構之境，在文學上講來，卻道地是寫實，在脂評家的腦海中便彷彿是「嫡真實事」。胡周諸氏根據脂評家的印象，看成賈寶玉實是曹雪芹，賈府實是曹家，其實脂評者並無這個意思。批書人把他催眠狀態中的語言寫下，只是文學上一種遊戲筆墨，他卻未曾料到有人會認真考證起來。而且他批語中一樣說明他對於《紅樓夢》乃是幻筆，並非寫實，他屢於批語中表明他的意見：

第一回：別號雨村者。（甲戌）雨村者，村言粗語也，言以村粗之言演出一段假話也。

第三回：瘋瘋癲癲說了這些不經之談。（甲戌）是作者自注。

第五回：因此也不察其原委，問其來歷，就暫以此釋悶而已。（有正）妙。設言世人亦應如此法看此《紅樓夢》一書，更不必追其隱。

因為批者心目中只把《紅樓夢》看成一部言情小說，不但癩頭和尚、空空道人、賈雨村、劉姥姥之流，是作者揑造出來的；連賈寶玉、林黛玉、薛寶釵一干主要的人物，他也明說是捏造出來的。

第十九回：可見他白認得你了，可憐。（庚辰）按此書中寫一寶玉之為人，是我輩於書中見而知有此人，實未目曾親睹者。又寫寶玉之發言，每每令人不解；寶玉之生性，件件令人可笑。不獨於世上親見這樣的人不曾，即閱今古所有之小說傳奇中，亦未見這樣的文字，於顰兒處更甚。其囫圇不解之中實可解，可解之中又說不出理路。合目思之，卻如真見一寶玉，真聞此言者，移之第二人萬不可，亦不成文字矣。余閱《石頭記》中至奇至妙之文，全在寶玉顰兒至呆囫圇不解之語中，其詩詞雅謎酒令奇衣奇食奇玩等類，固他書中未能，然在此書中評之，猶為二著。

到生在這裏。（庚辰）這皆寶玉意中、心中確實之念，非前勉強之詞，所以謂今古未有之一人耳。聽其囫圇不解之言，察其幽微感動之心，審其癡妄委婉之意，皆今古未見之人，亦是未見之文字。說不得賢，說不得愚，說不得不肖，說不得善，說不得惡，說不得正大光明，說不得混賬惡賴，說不得聰明才俊，說不得庸俗平凡，說不得好色好淫，說不得情癡情種，恰恰只有一顰兒可對。令他人徒加評論，總未摸著他二人是何等脫胎，何等骨肉。余閱此書亦愛其文字耳，實亦不能評出此二人終是何等人物。後觀情榜評曰：「寶玉情不情，黛玉情情。」此二評自在評癡之上，亦屬囫圇不解，妙甚。

第四十二回：開始總批。（庚辰）釵玉名雖二個，人卻一身，此幻筆也。今書至三十八回已過三分之一有餘，故寫是回，使二人合而為一。請看黛玉逝後，寶釵之文字，便知余言不謬矣。

批書人明說：「余閱此書亦愛其文字耳，實亦不能評出此二人終是何等人物。」不過因《紅樓夢》作者描寫得活現逼真，追魂攝魄，所以批書人看書中情節儼如「嫡真事實」，這種心理，下面一段評語表現得最顯著。

第廿二回：（黛玉說）作的是頑意兒無甚關係。（庚辰）黛玉說無關係，將來必無關係。余正恐顰玉從此一悟則無妙文可看矣。不想顰兒視之為漠然，更曰「無關係」，可知寶玉不能悟也，余心稍慰。蓋寶玉一生行為，顰知最確，故余聞顰語則信而又信，不必定玉而後證之方信也。　余云恐他二人一悟則無妙文可看，然欲為開我懷，為醒我目，卻願他二人永墮迷津生出孽障，余心甚不公矣。世云損人利己者，余此願是矣，試思之可發一笑。今自呈於此，亦可為後人一笑，以助茶前酒後之興耳。而今而後，天地間豈不又添一趣談乎？凡書皆以趣談讀去，其理自明，其趣自得矣。

批書人看書中情事的演變，竟發生強烈的患得患失的心理。正是呈露他對作者寫實技巧達到最高程度的頌揚。因為批書人把作者筆下的人物看成「嫡真實事」，有時他竟發奇想，要替書中人補缺憾，如：

第二十八回：寶玉所說藥方。（庚辰眉批）前玉生香回中，顰云他有金你有玉，他有冷香你豈不該有煖香，是寶玉無藥可配矣。今顰兒之劑若許材料皆係滋補熱性之藥，兼有許多奇物，而尚未擬名，何不竟以暖香名之，以代補寶玉之不足，豈不三人一體矣。己卯冬夜。（甲戌眉批）倘若三人一體固是美事，但又非《石頭記》之本意也。

批書人要形容書中人物真實到無以復加時，索性連作者的「著作權」都加以推翻，在第二十回裏他說：

難道你就知你的心，不知我的心不成。(庚辰) 此二語不獨觀者不解，料作者亦未必解，想石頭亦不解，不過述寶林二人之語耳。石頭既未必解，寶林此刻更自己亦不解，皆隨口說出耳。若觀者必欲要解，須自揣自身是寶林之流，則洞然可解；若自料不是寶林之流，則不必求解矣。萬不可記此二句不解，錯謗寶林及石頭等人。

批書人實在是要說明《紅樓夢》所寫人物，簡直是天造地設，具有永恆的生命，不屬於讀者，也不屬於作者；也可以說既屬於作者，也屬於讀者，於是批書人、作書人、書中人便三位一體同是往還於這天造地設，永恆不變的太虛幻境，大觀園中，這便是脂評心中、口中、手中的「嫡真實事」。

(三) 從脂評的感觸推測脂硯齋的身世

中國文學理論家向重「境界」二字，王靜安在《人間詞話》裏提出「造境」和「寫境」的分別，以為「造境」即「理想」（即「想像」），「寫境」即「寫實」，並加以補充說：「二者頗難分別，因大詩人所造之境必合乎自然，所寫之境亦必鄰於理想。」故一部偉大的作品中，所有的人物內心生活與外表行動都寫得盡情盡理，首尾融貫整一，成為一種獨立自足的世界，一種生命與形體諧和一致的有機體，他們一舉一動，一言一笑都切合他們的身分，表現他們的性格，叫讀者驚疑他們「真實」。文學家所創造的角色如劉姥姥、嚴貢生之類，比我們在實際生活中常遇見的類似的典型人物還更入情入理。我們指不出某一個人恰恰是劉姥姥，是嚴貢生，但是覺得世間有許多人都有幾分像他們。讀者常常覺得文學家筆底的事物情感都是自己心裏要說的，而又是口中不能說的，讀過以後，都有無限的快感。因此文學作品成為一個「真實」，而讀者常因自己身世遭遇的不同，為之興起感發。《紅樓夢》是描寫一個大家庭的活動，這一「真實」使讀者發生感慨，引起共鳴。脂硯齋讀《紅樓夢》當然也不能逃此公例。我們由他的評語中，也可略窺他的家世、遭遇、思想。我們看下列批語，知道他大概是幼年失母，姊氏早逝，並遭兒子夭折之痛的。

第二十五回：王夫人便用手滿身滿臉去摩抄撫弄他。（庚辰）普天下幼年喪母者齊來一哭。

第三十三回：倒底在陰司裏得個依靠。（庚辰）未喪母者來細玩，既喪母者來痛哭。

第十六回：那時賈母正心神不定，在大堂廊下竚立。（庚辰夾批）慈母愛子寫盡，回廊下佇立，與「日暮倚廬仍悵望」對景，余掩卷而泣。

第三回：上無親母教育，下無姊妹兄弟扶持。（甲戌）可憐！一句一滴淚，一句一滴血之文。

第二十五回：賈母王夫人如得珍寶一般。（庚辰夾批）昊天罔極之恩如何得報，哭殺幼而喪父母者。

第十八回：三四歲時已得賈妃手引口傳。（庚辰夾批）批書領至此教，故批至此，竟放聲大哭。俺先姊仙逝太早，不然，余何得為廢人耶！

第三回：面若中秋之月，色若春曉之花。（甲戌）少年色嫩不堅勞（有正勞作牢），以及非夭即貧之語，余猶在心，今閱至此，放聲一哭。

脂硯齋大概是一個出生於仕宦之家的旗人，所以批語中常常有舊家旺族的感慨。如：

第五十四回有正總批：積德於今到子孫，都中旺族首吾門，可憐立業英雄輩，遺脈誰知祖父恩。

第十三回：此五件實是寧國府中風俗，不知鳳姐如何處治。(甲戌）舊族後輩受此五病者頗多，余家更甚，三十年前事見書於三十年後，今余想慟，血淚盈腮。

第二回：身後有餘忘縮手，眼前無路想回頭。(甲戌）先為寧榮諸人當頭一喝，卻是為余一喝。

脂硯齋幼年情況，有與書中暗合者，批語中時時提到。如：

第十七回：寶玉聽了，帶著奶娘小廝們一溜煙就出園來。(庚辰夾批）不肖子弟來看形容，余初見之，不覺怒焉，謂作者形容余幼年往事；因思彼亦自寫其照，何獨余哉。信筆書之，供大眾同一發笑。

第二十一回：誰知這個四兒是個聰敏乖巧不過的丫頭。(庚辰）又是一個有害無益者。作者一生為此所誤，批者一生亦為此所誤，於開卷凡見如此人，世人故為喜，余反抱恨。蓋四字誤人甚矣。被誤者深感此批。

第八回：眾人都笑道：「前兒在一處看見二爺寫的斗方字兒益發好了，多早晚賞我們幾張貼貼。」（甲戌眉批）余亦受過此騙，今閱至此，赧然一笑。此時有三十年前向余作此語之人，側觀其形，已皓首駝（背）矣，乃使彼亦細聽此數語，彼則潸然泣下，余亦為之敗興。

第四十八回：只怕比在家裏省了事，也未可知。（庚辰）作書者曾吃此虧，批書者曾吃此虧，故特於此注明，使後人深思默戒。

脂硯齋是旗人世家子弟，故也和一班旗人一樣喜蓄戲子。

第十八回：論戲子事。（庚辰）按近之俗語云：「能養千軍，不養一戲。」蓋甚言優伶之不可養之意也。大概一班之中，此一人技業稍優出眾，此一人則拿腔作勢，轄眾恃能，種種可惡，使主人逐之不捨，責之不可，雖欲不憐而實不能不憐，雖欲不愛而實不能不愛。余歷梨園子弟廣矣，各各皆然。亦曾與慣養梨園諸世家兄弟談議及此，眾皆知其事，而皆不能言。今閱《石頭記》至原非本角之戲執意不作二語，便見其恃能壓眾，喬酸姣妒，淋漓滿紙矣。復至情悟梨香院一回，更將和盤托出。

與余三十年前目睹身親之人，現形於紙上，使言《石頭記》之為書，情之至極，言之至恰，然非領略過乃事，迷陷過乃情，即觀此茫然嚼蠟，亦不知其神妙也。

第五回：若不先閱其稿，後聽其歌，反成嚼蠟矣。（甲戌眉批）警幻是個極會看戲人。近之大老觀戲，必先翻閱角本，目覩其詞。彼聽歌卻從警幻處學來。

乃至種種習氣，與書中暗合者，批書人都洩露他的感慨，如少年畏嚴父的狀況：

第二十二回：忽見丫環來說老爺叫你。（庚辰夾批）多大力量寫此句，余亦驚駭，況寶玉乎。回思十二三時亦曾有是病來，想時不再至，不禁淚下。

如偷看說部書：

第二十三回：惟有這件寶玉不曾看見過。（庚辰夾批）書房伴讀累累如是，余至今痛恨。

如應酬場中憎惡愚人好問：

第三十七回：惜春迎春都忙問是什麼。（庚辰）妙文。迎春惜春故不能答言，然不便撕之不序，故插他二人問。試思近日諸豪宴集，雄語偉辯之時，座上或有一二愚夫不敢接談，然偏好問，亦真可厭之事。

如家庭中受小人撥弄是非：

第七十三回：他明知姐姐這樣，他竟不照顧一點兒。（庚辰）殺！殺！殺！此輩峕生離異，余固實受其蠱，今讀此文，直欲拔劍劈紙，又不知作者多少眼淚洒出此回也。又問不知如何回顧恤些，又不知有何顧恤之處，直令人不解。愚奴賤婢之言，酷肖之至。

乃至平常說話聲口，與書中吻合時，也致其傷感。如：

第二十八回：太太倒不糊塗，都是叫金剛菩薩支使糊塗了。（庚辰夾批）是語甚對，余幼時所聞之語合符，哀哉傷哉。

第十三回：若應了那句樹倒猢猻散的俗語。（庚辰眉批）樹倒猢猻散之語今猶在耳，屈指三十五年矣，哀哉傷哉，寧不痛殺。

第十四回：再不要說你們這府裏原是這樣的話。（庚辰夾批）此語聽熟了，一嘆。

第二十一回：不妨被人揀了去，倒便宜他。（庚辰眉批）「倒便宜他」與「忘了」二字是一氣而來，將一侯府千金白描矣。畸笏。（庚辰）妙談。「倒便宜他」是大家千金口吻，近日多用「可惜了的」四字，今失一珠不聞此四字，妙極是極。

第三回：老爺說了，連日身子不好，見了姑娘彼此倒傷心。（甲戌眉批）余久不作此語矣，見此語未免一醒。

由批語中，我們又知道脂硯齋是世途偃蹇，頗不得志的一個人。

第一回：你把這有命無運累及爹娘之物抱在懷中作甚？（甲戌眉批）八個字屈

死多少英雄，屈死多少忠臣孝子，屈死多少仁人志士，屈死多少詞客騷人，今又被作者將一把眼淚洒與閨閣之中，見得裙釵尚遭逢此數，況天下之男子乎？看他所寫開卷之第一個女子便用此二語以訂終身，則知託言寓意之旨，誰謂獨寄興于一情字耶？

第一回：當下即命小童進去速封五十兩白銀並兩套冬衣，又云：「十九日乃黃道之期，兄可即買舟西上，待雄飛高舉，明冬再晤，豈非大快之事耶。」（甲戌眉批）寫士隱如此豪爽，又全無一些粘皮帶骨之氣相，愧殺近之讀書假道學矣。予若能遇士翁這樣的朋友，亦不至於如此矣，亦不至似雨村之負義也。

第二十四回：醉金剛一段後。（庚辰眉批）余卅年來得遇金剛之樣人不少，不及金剛者亦不少，惜書上不便歷歷注上芳諱，是余不是心事也。壬午孟夏。（規案：「不是」疑為「不足」之誤。）

由批語中，我們還可以看出脂硯齋受漢族文化熏染頗深；他具備漢族一般讀書人的氣性，崇奉孔子，視佛老為異端。如：

第二回：比那阿彌陀佛元始天尊的這個寶號還更尊榮。（甲戌）如何只以釋老二號為譬，略不敢及我先師儒聖等人，余則不敢以頑劣目之。

第十三回：那賈敬聞得長孫媳死了，因自為早晚就要飛昇。（庚辰夾批）可笑可嘆！古今之儒，中途多惑老佛。王隱梅云：「若能再加東坡十年壽，亦能跳出這圈子來。」斯言信矣。

第七回：我師傅見過太太，就往于老爺府裏去了。（甲戌）又虛添一個于老爺，可知所尚僧尼者，悉愚人也。

第四十三回：因聽些野史小說，便信了真。（庚辰）近聞剛丙廟又有三教庵，以如來為尊，太上為次，先師為末，真殺有餘辜，所謂此書救世之溺不假。

而且脂硯齋是異常重視禮教的，尊卑之差，男女之別，都看得異常認真。如：

第二十一回：似乎無情太甚。（庚辰）寶玉重情不重禮，此是第二大病也。

第十三回：鳳姐不敢就接牌。（有正）凡有本領者斷不越禮。接牌小事而必待命於王夫人者，誠家道之規範，亦天下之規範也。看是書者不可草草從事。

第十四回：鳳姐即命彩明釘做簿冊。（庚辰眉批）寧府如此大家，鳳姐如此身分，豈有使貼身丫頭與家裏男人答話交事之理呢！此作者忽略之處。　彩明係未冠小童，阿鳳便於出入使令者，老兄並未前後看明，是男是女，亂加批駁可笑。（此另一人後來加批墨筆）且明寫阿鳳不識字之故。壬午春。

因為脂硯齋也和一般中國讀書人同樣的受了傳統禮法的薰陶，他常常就《紅樓夢》所描寫的人事做他教訓子弟、啟迪世人的資料。他告誡紈綺子弟浮華奢侈：

第十五回：其中陰陽兩宅俱已預備妥貼。（庚辰）大凡創業之人，無有不為子孫深謀至細。奈後輩仗一時之榮顯，猶為不足，另生枝葉，雖華麗過先，奈不常保，亦足可嘆，爭及先人之常保其朴哉。近世浮華子弟齊來著眼！

第四十一回：開始總批。（庚辰）此回櫳翠品茶，怡紅遇劫，蓋妙玉雖以清淨無為自守，而怪潔之癖未免有過，老嫗只污得一盃，見而勿用；豈似玉兄日享洪福，竟至無以復加而不自知。故老嫗眠其牀，臥其蓆，酒屁燻其屋，卻被襲人遮過，則仍用其牀其蓆其屋，亦作者特為轉眼不知身後事寫來作戒，紈綺公子，可不慎哉！

他抨擊俗人不重視子弟的學業：

第八回：說不得東拼西湊的，恭恭敬敬的封了二十四兩禮。（甲戌）四字可思。近之鄙薄師傅者來看。可知宦囊羞澀與東拼西湊等樣，是特為近日守錢虜而不使子弟讀書之輩一大哭。

他斥責家長縱容子弟饕餮的行為：

第八回：寶玉因誇前日在那府裏珍大嫂子的好鵝掌鴨信。（甲戌眉批）余最恨無調教之家，任其子侄肆行哺啜，觀此則知大家風範。

第二十三回：反見拘束不樂。（庚辰）非世家公子斷寫不及此。想近時之家，縱其兒女哭笑索飲，長者反以為樂，其無禮不法，何如是耶！

他警告夫人太君們提防三姑六婆的毒害：

第二十五回：馬道婆一段。（甲戌）寶玉係馬道婆寄名乾兒，一樣下此毒手，況阿鳳乎？三姑六婆之為害如此，即賈母之神明在所不免，其他只要吃齋念佛之夫人太君豈能防嫌得來！作者一片婆心，不避嫌疑，特為寫出，使看官再回思之著眼，吾家兒孫嘆之戒之！

他警告富貴人家縱慾，遺害後嗣：

第七回：他說我是從胎帶來的一股熱毒。（有正）熱毒二字畫出富家夫婦，圖一時（似有缺文），遺害於子女，而可不謹慎？

他不但警惕敗壞家風，還希望積極的振作家聲：

第十三回：總批。（有正）大抵事之不理，法之不行，多因偏於愛惡，幽柔不斷。請看鳳姐無私，猶能整齊喪事，況丈夫輩受職於廟堂之上，倘能奉公守法，一毫不苟，承上率下，何有不行！

第二十回：鳳姐寶玉賈環一段。（庚辰）一段大家子奴妾吆喝如見如聞。正為下文五鬼所引也。余為寶玉肯效鳳姐一點餘風，亦可繼榮寧之盛，諸公當為如何？

我們從上列評語，分明看出評書者是一個濡染華風和講究禮教的讀書人，那裏有絲毫賈寶玉、史湘雲的氣息。

(四)脂評的附會

脂硯齋僅是《紅樓夢》的一個普通讀者，他對於《紅樓夢》的涵義，也和尋常人同樣地揣摩猜測，而且可以發現他許多迂腐附會的評語，他對於書中人名、物名任意附會，如秦鐘諧情種，秦業諧情孽，李守中為以理自守：

第七回：方知他學名叫秦鐘。（有正）設云情種。古詩云：「未嫁先名玉，來時本姓秦。」二語便是此書大綱目，此話大諷刺處。

第八回：他父秦業，現任營繕郎。（甲戌）妙名。業者，孽也，蓋云情因孽而生也。官職更妙，設云因情孽而繕此一書之意。

第四回：父名李守中。（甲戌）妙。蓋云人能以理白（自）守，安得為情所陷哉。

像這類的附會，或者因《紅樓夢》是言情小說，還勉強說得過去。其他如林如海為學海之林（第二回），十里街為勢利（第一回），仁清巷為人情（第一回），封氏為因風俗而來（第一回），于老爺為愚人（第七回），胡老爺為胡塗人之所為（第十五回），已覺牽強。其他如：

第十四回：有鎮國公牛清之孫一節。（庚辰眉批）牛，丑也。清屬水，子也。柳拆卯字。彪拆虎字，寅字寓焉。陳即辰。翼火為蛇，巳字寓焉。馬，牛也。魁拆鬼字，鬼金羊，未字寓焉。侯猴同音，申也。曉鳴，雞也，酉字寓焉。石即豕，亥字寓焉。其祖曰守業，即守鎮也，犬字寓焉。所謂十二支寓焉。

把八公附會成十二支，既穿鑿，又無意義。此外如：

第一回：忽家人飛報嚴老爺來拜。（甲戌）炎也。炎既來，火將至矣。似乎葫蘆廟失火，必須嚴老爺作引線，豈不可笑！乃至書中極不相干的物件，脂研也要評出一番大道理。如檣木暗示人生：

第十三回：叫作什麼檣木。（庚辰）檣者，舟具也。所謂人生若汎舟而已，寧不可嘆。

墜兒託言疣贅：

第二十六回：紅玉擡頭見了小丫頭子墜兒。（庚辰）墜兒者贅也。人生天地間已是疣贅，況又生許多冤情孽債，嘆嘆。

大同設言虛構：

第七十九回：這孫家乃是大同府人氏。（庚辰）設云大概相同也，若必云真大同府則呆。

甚至板兒所玩弄的柚子，竟是全書的脈絡：

第四十一回：又忽見這柚子又香又圓。（庚辰）柚子即今香圓之屬也，與緣通。佛手者，正指迷津者也。以小兒之戲，暗透前後通部脈絡，隱隱約約，毫無一絲漏洩，豈獨劉姥姥之俚言博笑而有此一大回文字哉。

由這一類的評語，我們看出脂硯齋的眼光識解，實在平庸凡近得很，尤其沒有絲毫《紅樓夢》中賈寶玉、史湘雲的氣息。

(五) 脂評中的注釋

脂評中時時有注釋書中字音、字義以及典故出處等等的地方；從他的注釋，可以看出他的學問知識頗為淺陋。姑舉幾個例看看。

第四十九回：鶴勢螂形。（庚辰）近之拳譜中有坐馬勢，便似螂之蹲立。昔人愛輕捷便俏，閑取一螂，觀其仰頸疊胸之勢，今四字無出處，卻寫盡矣。脂硯齋評。

第五十回：鴉沒雀靜的。（庚辰）這四個字俗語中常聞，但不能落筆耳。便欲寫時，究竟不知係何四字，今如此寫來，真是不可移易。

其實鶴勢螂形，並不見得無出處；鴉沒雀靜四字，也不見得不可移易，這都是脂硯齋崇拜《紅樓夢》而並不十分了解《紅樓夢》，隨口喝采的表現。又如姑娘一詞，脂硯齋也有穿鑿的解釋。

第三十九回：有兩個又跑上來趕平兒叫姑娘。（庚辰）想這一個姑娘非下稱上之姑娘也。按北俗以姑母曰姑姑，南俗曰娘娘，此姑娘實是姑姑娘娘之稱。每見大家風俗，多有小童稱少主妾姑姑娘娘者。按此書中若干人說話語氣及動用前照（有正作器物）飲食諸賴（有正作類），皆東西南北互相兼用，此姑娘之稱亦南北相兼而用無疑矣。

第五十二回：唬得小丫頭子篆兒忙進來，問姑娘作什麼。（庚辰）此姑娘亦姑姑娘娘之稱，亦如賈璉處小廝呼平兒，皆南北互用一語也。脂硯。

第五十三回：前兒我聽見鳳姑娘和鴛鴦悄悄的商議。（庚辰）此亦南北互用之文，前註不謬。

其實出嫁與未出嫁的女子，都通稱為姑娘，《紅樓夢》中有時稱鳳姐為鳳姑娘，有時為鳳丫頭。寶釵有時稱為寶姑娘，又有時稱為寶丫頭。丫鬟中有時也稱為姑娘，並不見得是《紅樓夢》作者捏合北方的姑姑，南方的娘娘，創造一個姑姑娘娘省稱姑娘的新名詞。

其他引證，如：

第三回：黛玉也照樣嗽了口，然後盥手畢，又捧上茶來，這方是吃的茶。（甲戌眉批）今看至此，故想日後以閱（有正作日前所聞）王敦初尚公主，登廁時不知塞鼻用棗，敦輒取而啖之，早為宮人鄙誚多矣。今黛玉若不嗽此茶，或飲一口，不為榮婢所誚乎？觀此，則知黛玉平生之心思過人。

脂硯齋不知王敦登廁啖棗的故事，似乎並未看過《世說新語》。至於芙蓉誄的注釋，特別詳細，而錯誤處也最大。如：

第七十八回：高標見嫉，閨幃恨比長沙。（庚辰）汲黯輩嫉賈誼之才，謫貶長沙。

我們知道賈誼為絳灌輩所扼，與汲黯毫無關係。賈誼卒於漢文帝十二年（西元前一六八），武帝建元六年（西元前一三五）汲黯才做主爵都尉，相去三十餘年，可謂風馬牛不相及。這種錯誤，最可看出評書人淺陋的地方。從這些評語，也可看出脂硯齋只是一個略通文墨的旗人，什麼賈寶玉、史湘雲的親筆，真是缺乏事實的無稽之談。

(六)脂評對自己評語的說明

脂評是隨看隨批，所以常有重複或抵觸的地方。如：

> 第二回：方才在門前過去，因看見姣杏買線。（甲戌）僥倖也。託言當日丫頭回顧，故有今日，亦不過偶然僥倖耳。非真實得塵中英傑也。非近日小說中滿紙紅拂紫烟之可比。

這節批語之上，又有一節眉批云：

> 余批重出，余閱此書偶有所得，即筆錄之，非從首至尾閱過，復從首加批者。故偶有複處。且諸公之批自是諸公眼界，脂齋之批亦有脂齋取樂處。後每一閱亦必有一語半言，重加批評於側，故又有於前後照應之說等批。

這段批語所謂「余批重出」，是指「紅拂紫烟」一語。

> 第一回：這丫環忙轉身回避，心下乃想這人生得這樣雄壯，卻又這樣藍縷。（甲戌眉批）這方是女兒心中意中正文，又最恨近之小說中滿紙紅拂紫烟。

因為批語重出，故脂硯齋說明批語重複的原因。試再看：

第二十二回：源泉自盜等語。（庚辰）……可知前日是無心順手拈了一本《莊子》在手，且酒興蘸蘸，苦愁默默，順手不計工拙，草草一續也。若使順手拈一本近時鼓詞，或如「鍾無艷赴會，其太子走國」等草野風邪之傳，亦必續之矣。觀者試看此批，然後謂余不謬。所以可恨者，彼卻不曾拈了〈山門〉一齣傳奇，若使〈山門〉在案，彼時捻著，又不知於〈寄生草〉後續出何等超凡入聖大覺大悟諸語錄矣。

這段批語寫完，接著就發現寶玉填了一支〈寄生草〉。於是他又批道：

（庚辰）此處亦續〈寄生草〉，余前批云不曾見續，今卻見之，是意外之幸也。

蓋前夜《莊子》是道悟，此日是禪悟，天花散漫之文也。

像這類的批語，都是脂硯齋隨閱隨批的現象。而且他批書也是受金聖歎批書的影響，他心目中的偶像也是金聖歎。

批語中也有自然流露出來的語句：

第三十回：……忙接住拭了淚。（甲辰）寫盡寶黛無限心曲，假使聖歎見之，正不知批出多少妙處。

第五十四回：總批。（有正）讀此回者凡三變，不善讀者徒贊其如何演戲，如何行令，如何挂花燈，如何放爆竹，目炫耳聾，接應不暇。少解讀者贊其坐次有倫，巡酒有度，從演戲渡至女先，從女先渡至鳳姐，從鳳姐渡至行令，從行令渡至放花爆，脫卸下來，井然秩然，一絲不亂。會讀者須另具卓識，單著眼史太君一席話，將普天下不近理之奇文，不近情之妙作一齊抹倒。是作者借他人酒杯，消自己傀儡（塊壘），畫一幅行樂圖，鑄一面菱花鏡，為全部總評。噫！作者已逝，聖歎云亡，愚不自諒（量），輒擬數語，知我罪我，其聽之矣。

由此可知脂硯齋對金聖歎崇拜之深，他評《紅樓夢》也正是受金聖歎評《水滸》、《西廂》的影響。

(七)從脂評推測《紅樓夢》的回數

《紅樓夢》的回目，抄本是八十回，刻本是一百二十回。從前俞平伯氏說《紅樓夢》只有八十回，絕對沒有一百二十回；後來他根據脂本評語，斷定八十回後還有三十回。

我們看脂評中提到全書回數的，有：

第二回：開始總批。(有正) 以百回之大文，先以此回作兩大筆以冒之，誠是大觀。世態人情盡盤旋於其間，而一絲不亂，非具龍象力者其孰能哉！

第二十五回：通靈玉一段。(庚辰眉批) 通靈玉除邪，全部百回只此一見，何得再言。僧道踪跡虛實，幻筆幻想，寫幻人于幻文也。壬午孟夏雨窗。

這兩條都明白說全書是一百回，還有庚辰本第四十二回的開始總批云：

釵玉名雖二個，人卻一身，此幻筆也。今書至三十八回時已過三分之一有餘，故寫是回，使二人合而為一。請看黛玉逝後，寶釵之文字，便知余言不謬矣。

這條評語也似乎是與百回的數目相合。至於百回是否舉成數，抑或八十回後是二十回，三十回，或四十回，都很難確定。俞平伯氏根據庚辰本第二十一回開始總批說：

按此回之文固妙，然未見後三十回猶不見此之妙。

故俞氏斷定八十回後是三十回，不過脂評其他各處多稱後數十回，如：

第十九回：襲人見總無可吃之物。（庚辰）補明寶玉自幼何等嬌貴。以此一句留與下部後數十回「寒冬噎酸齏，雪夜圍破氈」等處對看，可為後生過分之戒。嘆嘆。

第三十一回：總批（此實係批本回之末金麒麟文字，並非總批。）。（庚辰）後數十回若蘭在射圃所佩之麒麟，正此麒麟也。提綱伏於此回中。所謂草蛇灰線在千里之外。

三十回、四十回都可以稱數十回；三十、四十、卅、冊，也容易抄寫錯誤。因為脂評是傳抄本，很難根據孤文，遽成定論。不過，照這些評語看來，在脂硯齋加批的時候，確實是加在一部百回大文的成書之上，這是明白確鑿的事實。

(八)從脂評推測《紅樓夢》的作者

《紅樓夢》的作者，自來就傳說紛紜。在乾隆五十六年（一七九一）程偉元、高鶚刻書時，也不敢質言作者為誰。程高刻本原序云：

> 《石頭記》是此書原名，作者相傳不一，究未知出自何人。惟書中記雪芹曹先生刪改數過。好事者每傳鈔一部，置廟市中，昂其值得數十金，可謂不脛而走者矣。

高鶚和曹雪芹同是旗人，同住在北京，又同是乾隆年間的人物；時代里居如此接近，尚且不敢相信是曹雪芹的作品，可見《紅樓夢》出世以來，《紅樓夢》的作者早已是一個謎。自從近數十年來，胡適諸氏盛倡《紅樓夢》作者是曹雪芹以後，海內外人士都承認胡氏的主張，而自脂硯齋評本發現以後，似乎曹雪芹作《紅樓夢》的說法，越發成了定論。因為胡氏的主張，還不過是個人的見解；而脂評中屢屢提到曹雪芹作《紅樓夢》，則是擺在眼前的事實。任何有理智的人應該尊重事實，講學問的人更應該尊重事實。在全世界的人都承認曹雪芹是《紅樓夢》的作者時，而我偏偏不肯承認，我不敢說我是伽利略有地動學說的真知獨見，然而我至少是肯虛心尊重事實、服從真理的人。在事實不成其為事實時，那我寧願追求真理，探索事實，而不願跟隨全世界的人的意見。即如胡氏論學近著第一集〈跋乾隆庚辰本脂硯齋重評石頭記鈔本〉云：

此本有一處註語最可證明曹雪芹是無疑的《紅樓夢》的作者。第五十二回末頁寫晴雯補裘完時：「只聽自鳴鐘已敲了四下。」下有雙行小註云：「按四下乃寅正初刻。寅此樣寫法，避諱也。」雪芹是曹寅的孫子，所以避諱「寅」字。此註各本皆已刪去，賴有此本獨存，使我們知道此書作者確是曹寅的孫子。（此註大概也是自註；因已託名脂硯齋，故註文不妨填諱字了。）

看了前面胡氏一段話，似乎《紅樓夢》作者確是曹雪芹了！但是我們看第二十六回薛蟠對寶玉說看見一張落款庚黃的好畫時，卻有下面一段描寫：

寶玉聽說，心下猜疑道，古今字畫也都見過些，那裏有過庚黃！想了半天，不覺笑將起來，命人取過筆來，在手心裏寫了兩個字，又問薛蟠道：「你看真了是庚黃？」薛蟠道：「怎麼看不真！」寶玉將手一撒與他看道：「別是這兩個字罷！其實與庚黃相去不遠。」眾人都看時，原來是唐寅兩個字。都笑道：「想必是這兩字，大爺一時眼花了也未可知。」薛蟠只覺沒意思，笑道：「誰知他糖銀果銀！」

這一段話把「寅」字又寫又說，又是手犯，又是嘴犯，如果說避諱的寫法，作者便是曹雪芹；那不避諱的寫法，作者就斷斷不是曹雪芹了。而且在文學技巧的立場說來，晴雯補裘，是奮不顧身，忘記一切，專心攢趕工作，那有心事去問時間早晚，既無心看鐘，更無心看表，所以作者用鐘鳴四下來點醒時間，乃是文學描寫應有的手法，何嘗是避諱的寫法！因此，我認為不但胡氏主張作者是曹雪芹有問題，連脂硯齋所說的作者也大有問題。試看《紅樓夢》第一回的評語：

滿紙荒唐言。（甲戌眉批）能解者方有辛酸之淚，哭成此書。壬午除夕，書未成，芹為淚盡而逝。余嘗哭芹，淚亦待盡。每意覓青埂峰再問石兄，奈余不遇癩頭和尚何！悵悵！

今而後惟願造化主再出一芹一脂，是書何本（幸），余二人亦大快遂心於九泉矣。甲午八月淚筆。

這段話明明說「書未成，芹為淚盡而逝」，與前一節所引「此書百回」的明文，實相抵觸，百回大文是書已完成，這裏卻說書「未成」，自然是說不通的。胡俞諸氏只泛泛的說曹雪芹寫了八十回逝世，以為就此便可以把這問題解釋過去。但是脂硯在第二十二回總批還有一段評語：

此回未成而芹逝矣，嘆嘆。丁亥夏，畸笏叟。

此批說得分明極了。如果說曹雪芹作《紅樓夢》，那他作到第二十二回，第二十三回以後是誰作的呢？是什麼時候續作的呢？乾隆十九年甲戌重評時，已經是「百回大文」，而乾隆二十七年壬午除夕雪芹逝世時卻是還未完成第二十二回，豈非時間前進了八九年，書倒後退減少了七八十回，這在事實和理論如何能說得通呢？我細心玩索脂硯齋評語中所稱的作者，實際應該有兩個。一個是隱名的原作者，一個是執筆增刪《紅樓夢》的曹雪芹。原作是完成了的全書，增刪原作的曹雪芹只到第二十二回便已逝世。批書的人對原作者表現極度的崇拜；而對曹雪芹可能是摯友，所以表現得非常的親暱。現在我把這事實分疏出來。

甲、脂評中所指稱的原作者

據《紅樓夢》第一回自敘，《紅樓夢》乃是石頭所記的一番親身經歷；從空空道人以下一班人都不過是傳抄流布的服務者。所以脂評常常稱作者為石頭。——石頭便是隱名作者的化名。

第二十七回：黛玉葬花一段。（庚辰眉批）開生面，立新場，是書不止《紅樓夢》一回，惟是回更生更新。且讀去非阿顰無是佳吟，非石兄斷無是章法行文，愧殺古今小說家也。畸笏。

第十六回：總批。（庚辰）自政老生日用降旨截住，緊接黛玉回，璉鳳閒話，以老嫗勾出省親事來，其千頭萬緒合笱貫連，無一毫痕跡，如此等是書多多不能枚舉。想玉兄在青埂峰上經鍛煉後，參透重關至恆河沙數。如否，余曰：萬不能有此機構，有此筆力，恨不得面問果否，嘆嘆。丁亥春，畸笏叟。

脂評每揭發書中隱微意旨時，自以為獨具隻眼，常常說「被作者瞞過」，有時說「被石頭瞞過」，因為作者是石頭，石頭就是作者。如：

第三回：黛玉哭一段。（甲戌眉批）前文反明寫寶玉之哭，今卻反如此寫黛玉，幾被作者瞞過，這是第一次算還，不知下剩還該多少。

第五回：如今且說林黛玉。（甲戌眉批）今寫黛玉神妙之至，何也。因寫黛玉實是寫寶釵，非真有意去寫黛玉，幾乎又被作者瞞過。

第三回：知道妹妹不過這兩日到的，我已預備下了。（甲戌眉批）余知此緞，阿鳳並未拿出，此借王夫人之語機變欺人處耳。若信彼固拿出預備，不獨被阿鳳瞞過，且被石頭瞞過了。

脂評中此類評語頗多，稱石頭即是稱作者。脂硯齋對作者的推崇幾乎達到宗教狂的程度。任何一句尋常筆墨，也要大聲喝采，如第三回寶玉看黛玉一段：

兩彎似蹙非蹙罥煙眉。（甲戌）奇眉妙眉，奇想妙想。
一雙似笑非笑含露目。（甲戌）奇目妙目，奇想妙想。

像這類叫好的評語，舉不勝舉。故脂評崇拜作者真是無以復加。試舉數段看看：

第二回：開始總批。（有正）以百回之大文，先以此回作兩筆以冒之，誠是大觀，世態人情盡盤旋於其間，而一絲不亂，非具龍象力者其孰能哉！

第十五回：總批。（有正）請看作者寫勢利之情，亦必因激動，寫兒女之情，偏生含蓄不吐，可謂細針密縫。其述說一段，言語形跡無不逼真。聖手神文，敢不薰沐拜讀。

第五十七回：總批。（有正）寫寶玉黛玉呼吸相關，不在字裏行間，全從無字句處，運鬼斧神工之筆，攝魄追魂，令我哭一回嘆一回，渾身都是獃氣。寫寶釵岫煙相敘一段，真有英雄失路之悲，真有知己相逢之樂，時方午夜，燈影幢幢，讀書至此，掩卷出戶，見月依稀，寒風微起，默立階除良久。

第七回：正問著，只聽那一陣笑聲卻有賈璉的聲音。（甲戌眉批）余所藏仇十洲「幽窗聽鶯暗春圖」，其心思筆墨已是無雙，今見此阿鳳一傳，則覺畫工太板。（甲戌）妙文奇想。阿鳳之為人豈有不著意於風月二字之理哉。若直以明筆寫之，不但唐突阿鳳聲價，亦且無妙文可賞。若不寫之，又萬萬不可。故只用柳藏鸚鵡語方知之法，略一皴染，不獨文字有隱微，亦且不至污濁阿鳳之英風俊骨，所謂此書無一不妙。

這一派五體投地的佩服歌頌，乃是對此書的原作者的歡喜讚嘆，而非對親暱異常的曹雪芹。

乙、脂評中所指稱的作者曹雪芹

脂評明白提到全部百回大文，是《紅樓夢》一書本已完成的確證；又明白說到二十二回未成而雪芹已逝，是曹雪芹刪訂《紅樓夢》未成而卒的確證，如果不如此解釋，那脂評便全部講不通。我們從第十三回評語，最能看出雪芹刪訂《紅樓夢》的痕跡。第十三回回目本是「秦可卿淫喪天香樓」，因評書人建議曹雪芹將淫喪天香樓事實刪去五頁，故將回目改為「秦可卿死封龍禁尉」。看第十三回的總批云：

（庚辰）通回將可卿如何死故隱去，是大發慈悲也。嘆嘆。壬午春。

（甲戌）秦可卿淫喪天香樓，作者用史筆也。老朽因有魂托鳳姐賈家後事二件，嫡是安富尊榮坐享人能想得到處，其事雖未漏，其言其意則令人悲切感服，姑赦之，因命芹溪刪去。

（甲戌眉批）此回只十頁，因刪去天香樓一節，少卻四五頁也。

由這節批語，知道脂硯齋認為秦可卿託夢之詞，極有價值；以言重人，就建議把她淫蕩的事實加以隱諱，故刪去四五頁之後，第十三回便只剩十頁了。這是刪除原本的明證。（評語有壬午年分，還是雪芹未死之年記的。）再看第七十五回，庚辰本有開始總批：

乾隆二十一年五月初七日對清。缺中秋詩俟雪芹。

原來第七十五回寫賈母中秋家宴，擊鼓傳花，有寶玉受命做即景詩一首，接著賈蘭賈環又各做一首，書中只虛寫一筆，並無詩辭，這因賈母一干人家宴，不便像起詩社可以有許多批評討論的鋪敘，而且敘做詩有時詳寫，有時省略，也是行文變化的方法。脂硯齋發現此回敘做詩而沒有詩，故批明「缺中秋詩」；「俟雪芹」，是要等雪芹補充起來。這是有意增補原本的明證。還有《紅樓夢》第七十九回：寫寶玉到紫菱洲一帶感傷的一首詩，庚辰本在第四句的位置下有一批語說：「此句遺失」。這是《紅樓夢》原本偶有缺文的明證。所謂曹雪芹增刪《紅樓夢》，其工作不過僅僅如此。因為曹雪芹做了這些微的工作，所以評書人也稱他為「作者」。至於增刪的工作，何以要由雪芹負責，這或許是雪芹詩筆比這班批書朋友較強，或許《紅樓夢》的底本是曹家的藏書，脂硯齋重評《石頭記》

可能是從曹家傳抄出來的。曹雪芹與脂硯一班人氣味相投，交誼頗篤，無形中成為一群愛讀《紅樓夢》的紅迷。這群紅迷把讚嘆歌頌的語言都批注在《紅樓夢》的書眉行縫，成為批書者和讀者心靈交流的表白。遇有對原書有特殊的意見，便推雪芹執筆加以增刪，如為秦可卿隱諱死因，替中秋詩補充缺文之類。如此一來，批書人認為《紅樓夢》的妙處可以發露無餘，而《紅樓夢》的不妙處可以刪除淨盡。但是工作未成而雪芹逝世，故批書人說：

> 壬午除夕，書未成，芹為淚盡而逝。余嘗哭芹，淚亦待盡。……今而後惟願造化主再出一芹一脂，是書何本（幸），余二人亦大快遂心於九泉矣。甲午八月淚筆。

從這幾句話，很明顯地看出，他是說《紅樓夢》得雪芹脂硯刪訂批評，便可把他們心愛的《紅樓夢》一書的美妙闡發無遺，不幸工作未成而雪芹逝世，所以脂硯異常悲傷，竟希望後世產生像他們這樣深切了解《紅樓夢》的讀者，能完成他們未竟之志。這樣便是《紅樓夢》的幸運，也是他倆的幸運了。能明瞭這一真相，纔可了解有許多脂評彷彿是和作者發生關涉的事跡，其實乃是這群批書的讀者欣賞《紅樓夢》時發生的事跡。我們隨便舉幾條評語看看：

第三十八回：便命將那合歡花浸的酒燙一壺來。（庚辰）傷哉！作者猶記矮䫜舫前以合歡花釀酒乎？屈指二十年矣！

第八回：賈母與了一個荷包並一個金魁星。（甲戌眉批）作者今尚記金魁星之事乎？撫今思昔，腸斷心摧。

第二十八回：我先喳一大海。（庚辰眉批）大海飲酒，西堂產九台靈芝日也。批書至此，寧不悲乎？壬午重陽日。

有不遵者，連罰十大海，逐出席外與人斟酒。（甲戌）誰曾經過，嘆嘆。西堂故事也。

脂硯齋曾經與雪芹以合歡花釀酒，在曹家西堂用大海喳酒等事，因為觸及《紅樓夢》類似的事物，而發生感慨。斷不會像胡周諸氏所稱批書人即書中人自敘經歷的說法。我們再看：

第二十二回：鳳姐亦知賈母喜熱鬧，更喜謔笑科諢。（庚辰）寫得週到，想得奇趣，實是必真有之。（庚辰眉批）鳳姐點戲，脂硯執筆事，今知者寥寥矣，不怨夫。（又）前批知者寥寥，今丁亥夏只剩朽物一枚，寧不痛乎。

此批大概是自稱畸笏叟的評語。脂硯執筆，只是脂硯執筆評論鳳姐點戲，決非鳳姐在大觀園點戲，由脂硯執筆代點。此評也不過是畸笏迴想脂硯當日共同評閱《紅樓夢》的舊事，舊侶凋零，只餘衰朽，自難免興傷逝之感了。

由這許多評語，看出脂硯諸人和雪芹親暱的口吻，也看出脂硯諸人和雪芹親暱的事實。可以知道評書人對作者什麼聖手神文、具龍象力一類的歌頌，乃是對原作者，而非對曹雪芹。

至於第一回楔子，有一段話說：改《石頭記》為《情僧錄》，吳玉峰題曰《紅樓夢》，東魯孔梅溪則題曰《風月寶鑑》，後因曹雪芹於悼紅軒中，披閱十載，增刪五次，纂成目錄，分出章回，則題曰《金陵十二釵》。這段話後，甲戌本有兩段評語：

雪芹舊有《風月寶鑑》之書，乃其弟棠村序也。今棠村已逝，余覩新懷舊，故仍因之。

若云雪芹披閱增刪，然則開卷至此這一篇楔子又係誰撰，足見作者之筆狡猾之甚。後文如此者不少。這正是作者用畫家烟雲模糊處，觀者萬不可被作者瞞蔽了去，方是巨眼。

這兩節評語，似乎確指《紅樓夢》的作者。但仔細加以分析後，知道雪芹有《風月寶鑑》一書，其弟棠村寫了一篇序文。曹雪芹的《風月寶鑑》寫了些什麼雖不得而知，但可斷定決不是《紅樓夢》。因為批語明說「覩新懷舊，故仍因之。」正謂雪芹舊作和《石頭記》別號同名，為了追念逝者，故不把重複的書名改掉，決不能說曹雪芹著《風月寶鑑》即是《紅樓夢》。第二節評語，似乎作者是曹雪芹，披閱增刪乃是作者的煙幕。不過評語屢稱百回大文，而第二十二回又明說「此回未成而芹逝」，可見首回楔子乃是原作者的手筆。原作者不願暴露真姓名，故用此狡獪之筆。也許在悼紅軒中的主人，並不是曹雪芹，而是曹雪芹有意增刪《紅樓夢》後，纔把自己姓名竄進悼紅軒中去的。

因為曹雪芹不是《紅樓夢》的作者，所以《紅樓夢》一書的意義，批書人只能猜測模糊，甲戌本在第一回「至若離合悲歡，興衰際遇，則又追踪躡跡，不敢稍加穿鑿」上有一段眉批說：

事亦實事，然亦敘得有間架，有曲折，有順有逆，有映帶，有隱有現，有正有閏，以至草蛇灰線，空谷傳聲，一擊兩鳴，明修棧道，暗度陳倉，雲龍霧雨，兩山對峙，烘雲托月，背面傅粉，千皴萬染諸奇，書中之秘法亦復不少，予亦於逐回中搜剔刳剖，明白注釋，以待高明，再批示謬誤。開卷一篇立意，真打破歷來小說窠臼，閱其筆則是《離騷》、《莊子》之亞。

這條評語，不脫中國時文家講筆法的老套，本無精微奧妙之處，姑且不必深論。即以這條評語的口氣而論，也可看出作者並非曹雪芹。因為批書人和曹雪芹如此密切，如果作者是曹雪芹，向曹雪芹請教便夠了，還用得著「以待高明，再批示謬誤」嗎？批書人遇書中疑義，常有請教無從的現象，如姑娘的稱呼，評者疑為南北兼用，從書中前後文反覆比較；如係曹雪芹的手筆，何不當面一問，豈不直捷了當。又如第五回秦可卿與賈寶玉的微妙關係，書中敘述秦氏臥房的陳設，說：

案上設著武則天當日鏡室中設的寶鏡，一邊擺著飛燕立著舞過的金盤，盤內盛著安祿山擲過傷了太真乳的木瓜。……說著親自展開了西子浣過的紗衾，移了紅娘抱過的鴛鴦枕。

這一段怪文，脂硯齋甲戌本有兩節評語，一則曰：

設譬調侃耳，若真以為然，則又被作者瞞過。

再則曰：

一路設譬之文，迥非《石頭記》大筆所屑，別有他屬，余所不知。

這類評語，分明是糢糊影響，似懂非懂的語調。還有對書中完全不了解的評語，如：

第十六回：鳳姐笑道：若果如此，我可也見個大世面了！可恨我小幾歲年紀，若早生二三十年，如今這些老人家，也不駁我沒見世面了。（庚辰）忽接入此句，不知何意，似屬無味。

這類評語，明明是很大疑團，如果原書作者是曹雪芹，儘可當面請教，何致寫上這些無意味的評語。再看有正本第十一回結末總批：

將可卿之病將死，作幻情一劫；又將賈瑞之遇唐突，作幻情一變：下回同歸幻境，真風馬牛不相及之談，同範並趨，毫無滯礙，靈活之至，飄飄欲仙。默思作者其人之心，其人之形，其人之神，其人之文，必宋玉子建一般心性，一流人物。

像這類悵望千秋，尚想古人的口吻，那裏還會是讚美同時並世的「一芹一脂」的作者呢？所以我們細心分析脂評本口中稱道的作者，顯然有兩個不同的身分。即以《紅樓夢》的書名而論，其中《金陵十二釵》一名，本是作者放的煙幕，故可惝怳迷離，不求甚解。如果脂評認為是曹雪芹題名十二釵，便應當向曹雪芹請教題名的原因真相，我們試看他的解釋：

第十八回：今年纔十八歲，法名妙玉。（庚辰）妙卿出現，至此細數十二釵，以賈家四豔再加薛林二冠有六，去秦可卿有七，再鳳有八，李紈有九，今又加妙玉，僅得十人矣。後有史湘雲與熙鳳之女巧姐兒者，共十二人。雪芹題曰《金陵十二釵》，蓋本宗紅樓夢十二曲之義。後寶琴岫煙李紋李綺皆陪客也，《紅樓夢》中所謂副十二釵是也。又有又副冊三斷詞，乃晴雯襲人香菱三人而已，餘未多及，想為金釧玉釧鴛鴦苗雲（茜雪）平兒等人無疑矣。觀者不待言可知，故不必多費筆墨。

第四十六回：這是偺們好，比如襲人琥珀素雲和紫鵑彩霞玉釧兒麝月翠墨……。（庚辰）余按此一算，亦是十二釵，真鏡中花，水中月，雲中豹，林中之鳥，穴中之鼠，無數可考，無人可指，有跡可追，有形可據，九曲八折，遠響近影，迷離烟灼，縱橫隱現，千奇百怪，眩目移神，現千手千眼大遊戲法也。脂硯齋。

第十八回：妙玉出場一段。（庚辰眉批）妙玉，世外人也，故筆之帶寫，妙極妥極。畸笏。樹處引十二釵總未的確，皆係漫擬也。至末回警幻情榜，方知正副再副及三四副芳諱。壬午季春，畸笏。

《紅樓夢》如果作者是曹雪芹，《金陵十二釵》又是曹雪芹定名，脂硯、畸笏都是曹雪芹的摯友，壬午季春，雪芹還生存在世，與評書人往還甚密，對於著書名稱，竟無確定說明，任意湊數，真可謂咄咄怪事。況且作者著書，定名自有他定名的取義。而評書人說「雪芹題曰《金陵十二釵》，蓋本宗紅樓夢十二曲之義」，豈非先有原作者紅樓夢十二曲的已成之書，雪芹乃宗本「紅樓夢十二曲之義」，而題名為《金陵十二釵》，雪芹不是《紅樓夢》作者，這已夠明白的表露無遺了。

(九)脂評本《紅樓夢》的凡例

《紅樓夢》各本皆無凡例。只有甲戌年抄脂本開卷便有凡例，又稱「《紅樓夢》旨義」，現在全抄在下面：

凡例

《紅樓夢》旨義。是書題名極多。《紅樓夢》，是總其全部之名也。又曰《風月寶鑑》，是戒妄動風月之情；又曰《石頭記》，是自譬石頭所記之事也。此三名皆書中曾已點睛矣。如寶玉作夢，夢中有曲，名曰紅樓夢十二支曲，此則《紅樓夢》之點睛。又如賈瑞病，跛道人持一鏡來，上面即鏨「風月寶鑑」四字，此則《風月寶鑑》之點睛。又如道人親眼見石上大書一篇故事，則係石頭所記之往來，此則《石頭記》之點睛處。然此書又名曰《金陵十二釵》，審其名則必係金陵十二女子也。然通部細搜檢去，上中下女子豈止十二人哉？若云其中自有十二個，則又未嘗指明白係某某。極（及）至《紅樓夢》一回中亦曾翻出金陵十二釵之簿籍，又有十二支曲可考。

書中凡寫長安，在文人筆墨之間，則從古之稱；凡愚夫婦兒女子家常口角，則曰中京，是不欲著跡於方向也。蓋天子之邦亦當以中為尊，特避其東南西北四字樣也。

此書只是著意於閨中，故敘閨中之事切，略涉於外事者則簡，不得謂其不均也。此書不敢干涉朝廷者，只略用一筆帶出，蓋不敢以寫兒女之筆墨唐突朝廷之上也。又不得謂其不備。

以上四條皆低二格抄寫。以下緊接「此書開卷第一回也，作者自云……」一長段，也低二格抄寫。今本第一回即從此句起；而脂本的第一回卻從「列位看官，你道此書從何而來」起。「此書開卷第一回也」以下一長段，在脂本裏，明是第一回之前的引子，也可說是全書的旨義，故緊接凡例之後，同樣低格抄寫。

今通行本及庚辰有正脂評本《紅樓夢》雖無以上四條凡例，但在脂硯評語中曾提到凡例，我們看：

第四回：雨村便徇情枉法胡亂判斷了此案。(甲戌)實注一筆，更好。不過是如此等事，又何用細寫。可謂此書不敢干涉廊廟者，即此等處也。莫謂寫之不到。蓋作者立意寫閨閣尚不暇，何能又及此等哉。

這段脂硯說的：「可謂（疑當作所謂）此書不敢干涉廊廟」，即指的是凡例第四條「此書不敢干涉朝廷」。這是甲戌本脂評援引凡例的確證。其他脂評本因抄錄不完備，並不能說別本沒有這段脂評。試看：

第五回：「方離柳塢」以下。(甲戌眉批)按此書凡例本無讚賦閑文，前有寶玉二詞，今復見此一賦，何也？蓋此二人乃通部大綱，不得不用此套。前詞卻是作者別有深意，故見其妙。此賦則不見長，然亦不可無者也。

此批明提凡例，有正本評語也有大同小異的文字：

按此書凡例本無讚賦，前有寶玉二詞，今復見此一賦，何也？蓋二人乃通部大綱，不得不用此套。

有正本評語提到凡例，可見有正本傳抄的底本也是有凡例的。庚辰本從第十二回始有評，前十一回全無批注，是抄書漏抄。從有批的庚辰本和有正本相比較，庚辰本的評語比有正本還更完備，第五回此條評語，大概庚辰本也是有的。想來各脂本的底本，都是有這四條凡例的。這四條第一條談書名，第二條談地，第三四條談事。關係全書的意義極大。

首條說是書題名極多，特別提出《紅樓夢》、《風月寶鑑》、《石頭記》三個名稱，又特別指出三個名稱書中點睛處。其實所舉出之點睛，乃是故弄玄虛。作者的本意，是指示人尋覓「隱去真事」的機關和線索，所謂點睛，即是秘密機關和線索的暗示。作者有不能明白說出的苦衷，故特意逗露一點端倪，叫人留心求索。如果說《紅樓夢》的點睛便是紅樓夢十二支曲，《風月寶鑑》的點睛便是跛道人持一鏡來，上面鏨風月寶鑑四字，《石頭記》的點睛便是道人親眼見石上大書的一篇故事。這樣現成的事實，每一個讀者一望而知，何須在凡例中鄭重說明。可見作者所謂點睛，別有精微的意義。據我看來，《紅樓夢》的真正點睛，乃在第五十二回真真國女子的一首五言律詩：

昨夜朱樓夢，今宵水國吟。島雲烝大海，嵐氣接叢林。月本無今古，情緣自淺深。漢南春歷歷，焉得不關心。

用朱點紅，這纔真是《紅樓夢》的點睛。《石頭記》的真正點睛，乃在第三十二回石頭即玉印的點醒：

話說寶玉見那麒麟，心中甚是歡喜、便伸手來拿。笑道：「虧你揀著了！你是怎麼拾著的？」湘雲笑道：「幸而是這個，明日倘或把印也丟了，難道也就罷了不成！」寶玉笑道：「倒是丟了印平常，若丟了這個，我就該死了！」

知道石頭是印，然後寶玉纔有無上的權力，無比的神通；纔有真假之可言，這纔真是石頭的點睛。

《風月寶鑑》的點睛，不單在鏨上風月寶鑑四個字，而是指點那些聰明俊秀，風雅王孫，千萬不可照正面，只照背面，千萬不可以假為真，這纔是苦口婆心，對生活在異族控制下的漢人的點睛處。第十二回云：

那道士嘆道：「你這病非藥可醫，我有個寶貝與你，你天天看時，此命可保矣。」說畢，從搭褳中取出個正面反面皆可照人的鏡子來，背上鏨著風月寶鑑四字，遞與賈瑞道：「這物出自太虛幻境空靈殿上，警幻仙子所製，專治邪思妄動之症，有濟世保生之功；所以帶他到世上來，單與那些聰明俊秀，風雅王孫等照看。千萬不可照正面，只照背面，要緊，要緊！三日後，我來收取，管叫你病好。」

遂命人架起火來燒那鏡子。只聽空中叫道：「誰叫他自己照了正面呢！你們自己以假為真，為何燒我此鏡？」

這些都是《紅樓夢》這部隱書隱事的秘密機關的暗記，所以在第一條凡例特別指點用心的讀者著眼留神。「含情欲說宮中事，鸚鵡前頭不敢言」，欲言不敢，而又不甘緘默，這便是《紅樓夢》作者說話的心情。

第二條凡例，是說明《紅樓夢》的地點的問題。據《紅樓夢辨》俞平伯顧頡剛諸人的考證，認為《紅樓夢》描寫的地方，是在北京；而大觀園中有竹、有苔、有木香、荼蘼、薔薇，冬天有紅梅，席面上有桂花，喝的是隔年雨水，又分明不像北方的景象。所以俞平伯說：「從本書房屋、樹木等等看來，也或南或北，可南可北，毫無線索，自相矛盾。此等處皆是所謂荒唐言，頗難加以考訂。」又說：「這應該有一個解釋，若然沒有，則矛盾的情景永遠不能消滅，而結論永遠不能求得。我勉強地為他下一個解釋，只是自己總覺得理由不十分充足；但除此以外，更沒有別的解釋可以想像。」對於這個問題，他們的結論是：「所以說了半天，還和沒有說以前所處的地位是一樣的。我們究竟不知道《紅樓夢》是在南或是在北？繞了半天的彎，問題還是問題，我們還是我們，非但沒有解決的希望，反而添了無數的荊棘。真所謂所求愈深所得愈寡了！」這是俞顧他們玩索全書之後，發現不能解開的死結。即以此條凡例的文字而言，也極閃爍含糊，迷離惝怳之至。照正常的道理，書中頭緒紛繁，情事隱約的地方，應該在凡例中明明白白的提示出來纔對。此條凡例既要說明書中故事的地點，自應說明是大清的京師，照文人筆墨，則稱長安；照愚夫婦兒女子家常口角，則用中京。現在書中寫的是長安，凡例寫的也是長安，鄭重其事的凡例，竟成了贅瘤廢話。而且作者一再聲明「只按自己事體情理」，「俱是按跡循蹤，不敢稍加穿鑿」的《石頭記》，為何不在凡例中據實吐出真實的時間地點來，反而要「不欲著跡於方向」，「特避其東南西北四字樣」呢？東南西北四字，又有何需要特避之處呢？如果說「東南西北」四字有避忌之必要，那就是在異族控制了中國的時候了。《紅樓夢》流布時期，是在乾隆二十年左右，自然是敘述清初的事體了，我們試看清初文字獄檔案的紀錄：

曾靜遣徒張倬投書案，雍正七年五月二十一日上諭：呂留良於我朝食德服疇，以有其家，育其子孫者數十年，乃不知大一統之義。其日記所載，稱我朝或曰清，或曰北，或曰燕，或曰彼中，至與逆藩吳三桂連書，亦曰清，曰往講，若本朝逆藩為隣敵者然，何其悖亂之甚乎？

又雍正七年六月十五日上諭：至於嚴鴻逵之徒沈在寬生於本朝定鼎數十年之後，自其祖父已在覆幬化育之中，非祇身被德教者可比，綱常倫理之大義，尤當知凜。乃墮惑逆黨之邪說，習染兇徒之餘風，亦懷不逞，附會詆譏，慕效梗化之民，稱本朝為清時，竟不知其身為何代之人，狂悖已極，此沈在寬與呂留良嚴鴻逵黨同惑逆之彰明較著者也。

胡中藻《堅磨生詩鈔》案，乾隆二十年三月丙戌上諭：其所刻詩題名《堅磨生詩鈔》。堅磨出自《魯論》，孔子所稱磨涅，乃指佛肸而言，胡中藻以此自號，是誠何心？……又曰：「南斗送我南，北斗送我北，南北斗一間，不能一黍潤。」又曰：「再汎瀟湘朝北海，細看來歷是如何。」又曰：「雖然北風好，難用可如何。」又曰：「搬雲揭北斗，怒竅生南風。」又曰：「暫歇南風競。」兩兩以南北分提，重言反復，意何所指？

王沅愛竹軒詩案，王廷贊稟詞：查《王沅詩集》凡一百二十首，憤激之詞，已難枚舉。〈臺城〉一律則曰：「南郊星見龍猶在，北渚人來鳳已幽。」〈書樹槐文後〉一絕則曰：「一紙浮名尚未通，世途雲霧漫西東。」

這些便是反清知識分子觸犯忌諱因而遇禍的實例。不甘心屈服的反清分子，倘若仍圖反抗，這些字樣便要特別忌避。《紅樓夢》的作者（當然不是旗人曹雪芹），是反清不屈服的漢人，對這問題，不得不煞費苦心。因為《紅樓夢》是寫時事的書，是針對現實問題的書，他不能不將時地表明，但是他們又絕對不願承認異族的偽政權。如果他們在書中或凡例標出大清年號、大清京都，這就無異表示低頭臣服在異族權力之下，所以他們斷斷不肯如此。然而面對現實的問題，又如何能跳出時空圈子之外呢？因此他們在《石頭記》緣起中，口口聲聲說無朝代年紀可考，偏又反覆聲明是自己的事體情理，是親見親聞的實事。在凡例中就渾言長安中京，託詞為不欲著跡於方向。我們試看全書提到時間朝代處，從沒有大清字樣。

第一回

按那石上書云：當日地陷東南。

偏值近年水旱不收，鼠盜蜂起，無非搶田奪地，鼠竊狗偷，民不安生，因此官兵剿捕，難以安身。

第二回

因當今隆恩盛德，遠邁前代，額外加恩，至如海之父，又襲了一代。

今當運隆祚永之朝，太平無為之世。

近日之倪雲林唐伯虎祝枝山。

第三回

匾上寫著斗大的三個大字，是榮禧堂，後有一行小字，某年月日，書賜榮國公賈源，又有萬幾宸翰之寶。

第四回

只不過將些《女四書》、《列女傳》、《賢媛集》等三四種書，使他認得幾個字，記得前朝這幾個賢女便罷了。

近因今上崇詩尚禮，徵採才能，降不世出之隆恩，除聘選妃嬪外，在仕宦名家之女，皆親名達部，以備選為公主郡主，入學陪侍，充為才人贊善之職。

第十四回

旌上大書奉天洪建兆年不易之朝。

第十六回

鳳姐笑道：「可見當今的隆恩，歷來聽書看戲，古時從未有的。」

于是太上皇皇太后大喜，深讚當今至孝純仁，體天格物。

說起當年太祖皇帝，仿舜巡的故事，比一部書還熱鬧，我偏沒造化趕上。

第五十三回

原來繡這瓔珞的，也是個姑蘇的女子，名喚慧娘，因他亦是書香宦門之家，他原精於書畫，不過偶然繡一兩件針線作耍，並非世賣之物，凡這屏上所繡之花卉，皆倣的是唐宋元明各名家的折枝花卉。（據庚辰脂本有正本，今刻本無。）

第五十四回

鳳姐兒走上來斟酒笑道：罷，罷，酒冷了，老祖宗喝一口潤潤嗓子再辨謊，這一回就叫做辨謊記，就出在本朝本地本年本月本日本時。

第六十三回

他常說，古人中自漢晉五代唐宋以來皆無好詩，只有兩句好。

自堯舜時便為中華之患，晉唐諸朝深受其害，幸得偺們有福，生在當今之世，大舜之正裔，聖虞之功德，仁孝赫赫格天，同天地日月億兆不朽，所以凡歷朝中跳梁猖獗之小醜，到了如今，竟不用一干一戈，皆天使其拱手俛頭，緣遠來降，我們正該作踐他們，為君父生色。（據脂本及有正本）

禮部因當今隆敦孝弟，不敢自專，具本請旨。

第七十回

可巧近海一帶海嘯，又蹧蹋了幾處生民，地方官題本奏聞，奉旨就著賈政順路賑濟回來。如此算去，至冬底方回。

第七十三回

至於古文，這是那幾年所讀過的幾篇，連《左傳》、《國策》、《公羊》、《穀梁》、漢唐等文，不過幾十篇。……更有時文八股一道，因平素深惡此道。原非聖賢之制撰，焉能闡發聖賢之微奧，不過作後人餌名釣祿之階。

第七十八回

賈政乃道：當日曾有一位王，封曰恆王，出鎮青州。……誰知次年便有黃巾赤眉一干流賊餘黨，復又烏合，搶掠山左一帶。……昨日又奉恩旨省察該前代以來，應加褒獎而遺漏，未經請奏，各項人等。

第八十回

這天齊廟本係前朝所修，極其雄壯。

我們看了書中所記，彷彿是明朝人的口吻，幾乎令人興「不知有清」之感。他稱唐伯虎、祝枝山為近日，恆王為當日，都是身在清朝而偏偏不肯承認清朝的口吻。他只肯說他是記述當代的事，而不肯說是記述大清朝的事。他借女先兒說書，說的是殘唐五代的故事，女先兒道：

這書上乃是說殘唐之時，那一位鄉紳，本是金陵人氏，名喚王忠，曾做過兩朝宰輔。如今告老還家。膝下只有一位公子，名喚王熙鳳。眾人聽了，笑將起來。賈母笑道：這不重了我們鳳丫頭了。

這段新書，還未說完，就被賈母批駁得體無完膚，說是編出來蹧蹋人的。王鳳姐偏走出來說：

這一回就叫作辨謊記，就出在本朝本地本年本月本日本時。

這便是作者點明《紅樓夢》記的是當代當地的事。他在凡例書中繞上許多彎，為的便是要表明是當時當地的事，而又不肯承認是大清朝京師的事，這正是緣起說明將真事隱去，而用假語敷衍出來的苦心。如果是曹雪芹自敘一己的身世興衰，何須這樣閃爍避忌呢？至於第三、四兩條凡例，一則曰著意閨中，再則曰不敢干涉朝廷，不但是多餘的申明，而且是有意的逗露。因為書中分明是「大旨不過談情」，有什麼會「干涉朝廷」之處。這一申明，正是要人往「干涉朝廷」方面著眼。這類神化的技巧，我認為實在是作者苦心血性孕育出來的。我們認清了作者的用心，俞顧諸氏的懷疑，自然是多餘的事了。

(十)結　論

《紅樓夢》的真相，近幾十年來，討論的人非常的多，其中最佔勢力的說法，當然要數胡適之先生「《紅樓夢》是曹雪芹的自敘傳」的主張。等到幾個脂硯齋評本陸續出世，主張「曹雪芹自敘」的說法，更加認為是真憑實據，鐵案如山了。我們看近年出版的《紅樓夢新證》，其中有一節論〈從脂批看紅樓夢之寫實性〉的文章。他說：

《紅樓夢》自從一出世，直到最近，幾幾乎享了一百五十年的潑天大名，同時卻也倒了一百五十年的潑天大霉。……後來作者是曹雪芹，一部小說即是他家寫實自傳這個說法擡頭，大致成立，但有的接受了，有的接受一部分，有的還大不以為然，因為小說究竟是小說，不是歷史。現在這一部考證，唯一目的即在以科學的方法運用歷史材料證明寫實自傳說之不誤。及至看了三個真本的脂批以後，覺得對於此書的作者與意旨二問題，已經表白得清楚無比，我們如果對以上二問題再懷疑惑或還想駁辨，幾乎是愚蠢得可笑了！有了這些寶貴的材料，無假外求，從本身便可獲得解除一切烏烟瘴氣的證據，費力的考證，反顯得拙笨來。

看了這一段話，可見他主張的堅決，和對脂評的重視。不過，我反覆看了脂硯齋評語以後，我發覺脂硯齋既不是曹雪芹、更不是史湘雲或賈寶玉；脂硯齋只是一個旗人，而且和曹雪芹關係極深的旗人。其他畸笏、梅溪、松齋，大概是和脂硯齋有關係的一群紅迷。我們從脂評可以看出《紅樓夢》確另有一個不知名的作者，我們從脂評可以看出所謂「曹雪芹這個作者」，只是手中擁有《紅樓夢》這部秘本奇書，而欲將它刪改，並且確有刪改的痕跡。我們從脂評可以看出這一群紅迷，欣賞的程度，也只能到男女愛戀，人情世故而止。關於作者用隱語隱書傳民族興亡之痛一層，他們確實不曾接觸到，這是他們囿於環境，限於識見，不足為怪。我們冷眼觀脂評以後，證明《紅樓夢》是曹家寫實自傳這個推測是沒有根據的。最接近事實真相的說法，還是這部書開始流布時一班人的忠實材料較為可靠。最初在乾隆五十六年辛亥（一七九一）校刻《紅樓夢》的高鶚、程小泉，高鶚是旗人，是接近曹雪芹時代的旗人，他們在刻本的序言說：

> 予聞《紅樓夢》膾炙人口者幾廿餘年，然無全璧，無定本。《石頭記》是此書原名，作者相傳不一，究未知出自何人。惟書中記雪芹曹先生刪改數過。好事者每傳鈔一部，置廟市中，昂其值得數十金，可謂不脛而走者矣。

高鶚是旗人中有地位的文士，對於旗人的著述掌故，他應該比一般人更加熟悉。而他所得到《紅樓夢》作者的資料是：㈠《紅樓夢》的作者早已傳說紛紜，不只一個。㈡因為傳說甚多，他不敢斷定作者是什麼人。㈢傳說中的作者並無曹雪芹其人，他也不承認作者是曹雪芹。㈣他只說書中有曹雪芹刪改數過這句話。由這一個極早的紀錄，我們不能不客觀地承認，在《紅樓夢》傳抄出世之始，大家已經是輾轉相傳，有許多位不同的作者，而這些作者，決不是曹雪芹。我們對曹雪芹無成見，高鶚與他同是旗人，更不會故意抹殺曹雪芹的著作權，他不過是客觀的忠實報導《紅樓夢》作者這一事實罷了。

還有，距曹雪芹相去也不甚遠的滿清宗室裕瑞，據周汝昌《紅樓夢新證》，考明他是豫親王多鐸的五世孫，他生於乾隆三十六年。著有《棗窗閒筆》（稿本在北京圖書館），現在我轉錄《紅樓夢新證》所引《棗窗閒筆》一段話：

> 聞舊有《風月寶鑑》一書，又名《石頭記》，不知為何人之筆。曹雪芹得之，以是書所傳述者，與其家之事跡略同，因借題發揮，將此部刪改至五次，愈出愈奇，乃以近時之人情諺語，夾寫而潤色之，借以抒其寄託。

這又是距曹雪芹時代不遠的滿洲文人所報導的事實。裕瑞所得的《紅樓夢》作者的資料，還是不知何人之筆，還是曹雪芹刪改五次，不過多「曹雪芹得之」一句話，這句話正說明《紅樓夢》這部奇書落到曹雪芹手中，所以由曹雪芹得到刪改的權利。我藏有裕瑞的《萋香軒文稿》的手稿本一冊，卷首有嘉慶八年三月的序文，署名下有「思元主人」、「裕瑞之印」兩方圖章。每篇文章後有同時滿漢名士，如法式善、楊芳燦、張問陶、吳鼒、謝振定諸人的親筆評語。可見思元齋主人裕瑞也是滿人中的學者，他的說法是有相當分量，值得注意的。我們根據高鶚、裕瑞的記載，更可以增強我們對脂硯齋評本的看法的正確，更可以斷定脂硯齋是曹雪芹、賈寶玉、史湘雲一派猜測的穿鑿附會。至於《紅樓夢》一書會落在曹雪芹手中，這一事實似乎也很有可能。我們知道雪芹的祖父曹楝亭，是清初旗人中極有名的藏書家，他會做詩詞，有著作，喜刻書，富收藏。他在揚州曾管領《全唐詩》的刻印，揚州的詩局歸他管理甚久；他自己又刻了幾十種精本的書，他藏書極多，見於《楝亭書目》的精本有三千二百八十七種之多。他交游極廣，清初名士，同他往還的極多，連風骨嶙峋的遺民如陳恭尹、杜濬、杜岕、余懷等都和他詩文題贈。他收書的興趣方面也多，不但經史辭章，高文大冊，他很留意，即使曲本小說也極留心。他樂意助人刻書，如施閏章的《學餘全集》，朱彝尊的《曝書亭集》都是他出錢刊行。蔣瑞藻《小說考證》引《燕居續語》還提到山陰沈滕友，曾撰大禹治水小說，曹楝亭要替他刊行的事：

> 沈滕友先生，名嘉然，山陰人，以能書名，後入江南大憲幕中。嘗病《封神傳》俚陋，因別翄一編，以大禹治水為主。……卷分六十，目則一百二十回。曹公楝亭寅欲為梓行，滕友以事涉神怪力辭焉。後自揚返越，覆舟於吳江，此書竟沉於水，滕友亦感寒疾歸而卒，書無副本，惜哉！

在這種情況之下，《紅樓夢》的稿本，或是無意中被曹楝亭所收藏，或是《紅樓夢》的作者有意的想假曹楝亭的力量使之刊印流布，這些都是極可能的事。因此《紅樓夢》稿本可能成為曹家的藏書，而落到他孫子曹雪芹的手中。雪芹是一個好喝酒、喜吟詩的名士派的文人，他看到這本書，自然十分愛好，於是他同他一班密友，也可以說是志同道合的一群紅迷，如脂硯齋（據裕瑞說，脂硯齋是雪芹的叔父。）、畸笏、梅溪、松齋之流，一方面批評，一方面重抄刪改。刪改的痕跡，我們可以在幾個一評再評的脂評本裏看出。這也許就是第一回緣起所說的「披閱十載增刪五次」的事實（並不如裕瑞所說之甚）。同時，《紅樓夢》是一部曹雪芹以前的小說，有一個隱名的原作者，也可以在脂評本得到證明。我們看清這些事實後，纔知道清朝人傳說《紅樓夢》是國初文人所作，或言是康熙間京師某府西賓常州某孝廉手筆，或言是政治小說，有的說是明珠家事，這些傳說的揣測，都因為《紅樓夢》是曹雪芹以前的小說的緣故。至於乾嘉以後的人，也紛紛說曹雪芹作《紅樓夢》，就是因為曹雪芹曾經改竄《紅樓夢》的緣故。我讀《紅樓夢》，認為《紅樓夢》確是一部含有亡國隱痛，用隱語傳達隱事的隱書，是由於看出在異族箝制之下，作者蘸著血淚著書的苦心，所以書中表現出隱約吞吐，迷離惝怳，似矛盾而實非矛盾，似不合情理而實至合情理之處。我們知道《紅樓夢》的原作者不是曹雪芹，然後知道書中的賈府不是曹家而是偽朝，所有一切《紅樓夢》時地人物命名的疑團，都可迎刃而解。

最後，我們知道真正的科學精神歷史考證的方法：除了根據可靠的版本，可靠的材料，除了著眼曹雪芹一家的家事之外，還須涵泳全書描寫的內容和結構，還須高瞻遠矚，洞觀整個時代和文學傳統的歷史背景；庶幾纔能了解《紅樓夢》這部書的真價值，纔不致抹殺這一段民族精神的真面目！

《紅樓夢》的作者和有關曹雪芹的新材料

一、了解《紅樓夢》的先決問題

要了解《紅樓夢》這部鉅作的主旨，首先要了解這部書的作者和作者所處的時代。——這是決定文學作品內容不可缺少的重要步驟。

同是一首詩，作者的身世不同，時代的處境不同，它表達的意志情感便截然不同。即如乾隆年間文字獄裏的徐述夔，他的《一柱樓詩集》有一首〈詠正德杯〉的詩，其中兩句是，「大明天子重相見，且把壺兒擱半邊。」如果不知道徐述夔是處在滿清控制下的漢族文人，我們能夠說他是有意將「壺兒」影射「胡兒」嗎？我們敢斷定他是在發洩反抗滿清的意志情感嗎？要決定一首短詩的內容，尚且應該了解作者和作者所處的時代，何況上百萬字的《紅樓夢》鉅著，如果不了解作者的時代背景，那就很難了解這部鉅著立言的真意了！

二、《紅樓夢》的作者

《紅樓夢》是什麼人作的?自從《紅樓夢》問世以來,這個問題,一直成為一個猜不透的謎。雖然有人考證《紅樓夢》作者是曹雪芹,是八旗的世家,是滿清的世僕。但是我卻不敢相信這種考證。當初排版印行《紅樓夢》的高鶚、程小泉,他們在序言中提到《紅樓夢》的作者時,只說道:「《石頭記》是此書原名,作者相傳不一,究未知出自何人。惟書中記雪芹曹先生刪改數過。」以高程與雪芹時地之近,當時對於此書的作者已經傳說紛紜,撲朔迷離,莫衷一是。最後的結論,只說是「究未知出自何人」,可見此書作者諱莫如深,才會有此現象發生。一向主張《紅樓夢》是曹雪芹自敘的俞平伯氏,他近年出版《紅樓夢研究》一書,有一段序言說:

《紅樓夢》底名字一大串,作者的姓名也一大串,這不知怎麼一回事?依脂硯齋甲戌本之文,書名五個:《石頭記》、《情僧錄》、《紅樓夢》、《風月寶鑑》、《金陵十二釵》,人名也是五個:空空道人改名為情僧(道士忽變和尚,也很奇怪。)、孔梅溪、吳玉峰、曹雪芹、脂硯齋（脂硯齋評書者，非作者，不過上邊那些名字，書本上不說他們是作者。）。一部書為什麼要這許多名字？這些異名，誰大誰小，誰真誰假，誰先誰後，代表些什麼意義？以作者論，這些一串的名字都是雪芹的化身嗎？還確實有其人？就算我們假定，甚至於我們證明都是曹雪芹底筆名，他又為什麼要玩這「一氣化三清」底把戲呢？我們當然可以說他文人狡獪，但這解釋，你能覺得圓滿而愜意嗎？從這一點看，可知《紅樓夢》的的確確不折不扣，是第一奇書，像我們這樣凡夫，望洋興歎，從何處下筆呢！

這番話是一向主張《紅樓夢》的作者是曹雪芹的專家偶然流露出來的徬徨迷惘的心聲。一九五八年古典文學社出版吳恩裕氏《有關曹雪芹八種》一書，他把近年考證曹雪芹的新材料都摘要介紹出來。我們把這些新材料研究分析之後，並未獲得曹雪芹作《紅樓夢》的確證，甚至於更增加了曹雪芹不可能作《紅樓夢》的事實。現在我將書中提到曹雪芹和他有關重要人士的生卒年歲列一簡表，以資比較：

姓名	生		卒		著作
曹雪芹	雍正二年	一七二四甲辰	乾隆廿八年	一七六三癸未	
敦敏	雍正七年	一七二九己酉	嘉慶元年	一七九六以後	懋齋詩鈔
敦誠	雍正十二年	一七三四甲寅	乾隆五十六年	一七九一辛亥	四松堂詩鷦鷯庵筆塵
永忠	雍正十三年	一七三五乙卯	乾隆五十八年	一七九三癸丑	延芬室集
明義	乾隆五年	一七四〇庚申？	？		綠煙瑣窗集詩選
裕瑞	乾隆卅六年	一七七一辛卯	道光十八年	一八三八戊戌	棗窗閒筆

上表內的人物，只有敦敏、敦誠兄弟和雪芹年輩最接近，交誼也最深切，其餘永忠和雪芹素昧平生（由他弔雪芹「可恨同時不相識，幾回掩卷哭曹侯」的詩句，可以證明），明義也和雪芹並無直接關係，至於裕瑞更是年輩相去甚遠了。這些人物中，說曹雪芹作《紅樓夢》的，如永忠、明義之流，都是與雪芹沒有直接關係的人；可見他們的說法，都是得之間接的材料。（誤會曹雪芹為《紅樓夢》的原作者，關鍵在脂硯齋的評本。對於脂硯齋與曹雪芹的真相，我另外有專文考證。）但是，和雪芹關係最密切的敦敏兄弟，他們的著作卻沒有隻字提到曹雪芹作《紅樓夢》的事實。雖然有人指敦誠在乾隆二十二年〈寄懷曹雪芹〉詩末句——不如著書黃葉村——是著作《紅樓夢》，這是太缺乏證據的幻想了。還有敦誠的輓曹詩兩首，第一首首句「開篋猶存冰雪文」，也有人認為是指

雪芹所撰的《紅樓夢》稿本，這不僅是缺乏證據的判斷，而且也不是輓詩的本意。其實，「開篋猶存冰雪文」的「冰雪文」，即是指存在敦誠手邊的雪芹的遺詩，也即是第一首輓詩所說「牛鬼遺文悲李賀」的「遺文」。敦誠的《鷦鷯庵筆塵》中曾有一則說：

余昔為《白香山琵琶行》傳奇一折，諸君題跋不下數十家。曹雪芹詩末云：「白傅詩靈應喜甚，定教蠻素鬼排場」，亦新奇可誦。曹平生為詩，大類如此，竟坎坷以終。余輓詩有「牛鬼遺文悲李賀，鹿車荷鍤葬劉伶」之句，亦驢鳴弔之意也。

這則筆記，確實是輓詩最好的注解。由此可知後人的揣測是不可依據的。而且，敦誠為人很重感情，篤於友誼，他在詩文雜記中三番五次提到曹雪芹。他對於雪芹如此惋惜珍重，零章斷句，都不放過；如果雪芹有大著作如《紅樓夢》者，他豈有一字不提之理？《紅樓夢》當初乍和世人見面時，便使人傾倒，名公鉅卿文人學者都案頭陳置一編，而敦誠卻一字不提，這如何說得過去。況且高鶚、程小泉印行《紅樓夢》之前，他們四處訪問搜求，縱然不向他們請教，他們豈有不風聞之理？等到乾隆五十六年，《紅樓夢》排版問世，高鶚、程小泉的序文，說此書作者相傳不一，究不知出於何人。敦敏兄弟無疑的會看見高程新印的《紅樓夢》，他們看見了新版《紅樓夢》和序文，如果他們篋中存有雪芹所撰的《紅樓夢》稿本，豈有不挺身出來為他們的好友曹雪芹爭取《紅樓夢》的著作權；縱然他們篋中未存有雪芹所撰的《紅樓夢》稿本，他們也可以向雪芹家人求索。（照胡適氏考證，《紅樓夢》是雪芹自敘傳，那雪芹死後，家中至少有類似薛寶釵史湘雲的才女慧妻。）雪芹家人豈有不將雪芹遺著以及寫作《紅樓夢》的事實和盤托出，公之於世的嗎？如果說雪芹身後蕭條，住址不明，然而遲到今天考證曹雪芹的人士，尚且能夠找到雪芹北京西郊健銳營的故居，難道同時的高鶚會找不到嗎？（高鶚是旗人進士，和滿人中男女文士都很有往來，由他曾為河帥完顏麟慶之母惲珠《紅香館詩鈔》作序可以證明。《紅香館詩鈔》有〈戲和大觀園菊社〉詩四首，有〈分和大觀園蘭社〉詩四首，可見作者也是愛好《紅樓夢》的才女。如果雪芹的眷屬，果然如書中描寫的文采風流，這班滿人宅眷，豈有不聞風往還過從之理！）難道雪芹好友敦敏諸人會找不到嗎？由此可知愛好《紅樓夢》，訪尋《紅樓夢》，校印《紅樓夢》的高鶚、程小泉對作者的說法，是合於事實的敘述；而後來人曹雪芹為《紅樓夢》作者的說法，乃是不合事實的附會。

《有關曹雪芹八種》中〈考稗小記〉有一則說：

故宮新發現曹家奏摺有二，余祇獲睹其一。（規案：此指曹頫的手摺。）其第二摺，仍藏故宮博物院。按康熙於曹寅在時，曾命其自寫密摺，而五十七年六月初二日又命曹頫「照爾父密密奏聞」，則曹頫奏摺，必出己手。可注意者，曹頫此摺之小楷酷似庚辰本《紅樓夢》脂硯齋批中之若干條。

假定這條札記的事實果屬可靠，又假定曹頫在康熙末年或稍後曾手批《紅樓夢》，那時雪芹尚未誕生，或正在襁褓中，自然《紅樓夢》的作者更不可能是曹雪芹了！

由上列的事實，我們應該把「曹雪芹是《紅樓夢》的作者」這一煙幕撥開，然後我們才能虛心摸索得到《紅樓夢》作者的真正意旨。

三、《紅樓夢》的主旨

我們掃除了旗人曹雪芹作《紅樓夢》的迷霧，我們才看得清楚《紅樓夢》的真面目。我們知道《紅樓夢》作者所處的時代，是漢族受制於滿清的時代，一般經過亡國慘痛的文人，懷著反清復明的意志，在清初異族統治之下，刀鎗筆陣，禁網重重，文字之獄，叫人悲憤填胸，透不過氣來。作者懷抱著無限苦心，無窮熱淚，憑空構造一部言情小說，借兒女深情，寫成一部用隱語寓亡國隱痛的隱書，保存民族興亡的史實，傳達民族蘊積的沈哀，想衝破查禁焚阬的網羅，告訴失去了自由的並世異時的無數同胞，指示他們趨向自救的光明大道。所以在全書開始便說：「此開卷第一回也。作者自云：曾歷過一番夢幻之後，故將真事隱去而借通靈說此《石頭記》一書也。」接著又說：「其間離合悲歡，興衰際遇，俱是按跡循踪，不敢稍加穿鑿，至失其真。只願世人當那醉餘睡醒之時，或避世消愁之際，把此一玩，不但是洗舊翻新，卻亦省了些壽命筋力，不更去謀虛逐妄了。」中國文人習慣用夢幻代表興亡，這是作者向讀者說明他是經過亡國之後，用隱語暗藏一段沉痛的真事，所以雖將真事隱去，但仍是「不敢稍加穿鑿，至失其真」。在這樣艱苦環境之下，真事尚要隱去，作者的真姓名自然不敢暴露了，這便是《紅樓夢》究不知何人所作的真原因。由於《紅樓夢》作者處在異族嚴密監視之下，作者滿腔熱血，他既不能明說，又不甘心不說；他所說的既怕人知道，又怕人不知道。故在開卷第一回之末題了一詩說：「滿紙荒唐言，一把辛酸淚；都云作者癡，誰解其中味。」我們試將這一回文字，反覆玩味，自然會感觸到作者悽婉沉鬱的心懷，和民族興亡的血淚，流露在字裏行間了！

我在未了解《紅樓夢》運用隱語涵義以前，我對於《紅樓夢》的文辭意義，發現許多疑問和矛盾。等到了解隱語涵義以後，便發現《紅樓夢》的作者不可能是旗人曹雪芹。近幾十年來研究《紅樓夢》的人士，拚命找尋曹雪芹的資料，截至目前，所得的資料，並不能證明曹雪芹是《紅樓夢》的作者。所以從前胡適之先生對《紅樓夢》主題的結論是：「《紅樓夢》是一部隱去真事的自敘；裏面的甄賈兩寶玉即是曹雪芹自己的化身；甄賈兩府即是當日曹家的影子。」而我的看法則是寶玉代表傳國璽，代表政權。甄賈即是真假，政權在漢族手中則為真，政權在異族手中則為假。林黛玉影射明朝，薛寶釵影射清室，林薛爭取寶玉即是明清爭取政權。林薛的得失即是明清的興亡。賈府指斥偽朝，賈政指斥偽政。所以我的結論是：《紅樓夢》確是一部運用隱語抒寫亡國隱痛的隱書。作者的意志是反清復明。書中對賈府隨時施以無情的攻擊，罵爬灰養小叔，即是攻擊文太后下嫁多爾袞的醜行。我們試想，以一個倫理觀念極重的中華民族，把統治我們的清帝的禽獸穢行揭發出來，此一宣傳，將激起反清的力量該多麼大！作者又在書中反覆指點真假，既有賈（假）寶玉，又有甄（真）寶玉，真假兩寶玉，面目雖是一般，不過，政權在本族手裏就是真，政權在異族手裏便成偽。因此清朝是偽，明朝就是真。真的必然會復興，偽的註定要失敗。作者從寶玉口中曾發出一番議論說，「除明明德外無書」

(見《紅樓夢》第十九回)。這分明是作者嚴肅的表白態度,明朝才是正統,除此以外便是國賊,能明瞭明朝之德,便不可出仕偽朝,因此他極力抨擊讀書上進的是國賊祿蠹(見《紅樓夢》第十九回、第三十六回)。否則以寶玉為人,他最欣賞的書應該是《西廂記》、《牡丹亭》,為什麼最崇拜的會是《大學》?就算他最崇拜《大學》,為什麼不說「除《大學》外無書」,而偏要說「除明明德外無書」?這能叫人不聯想到文字獄中丁文彬所說「大明取明明德的意思」的「革命術語」嗎?

胡適之先生認為我用隱語諧音拆字的方法去探求《紅樓夢》中隱藏的意義,是穿鑿附會猜笨謎的方法。其實中國文字這類的隱藏藝術,源遠流長,而且深入到各階層各類型的人物;同時這種種文字上隱藏藝術,早經成為富有民族思想的漢人,用做表達意志的共同工具。尤其是在清初這一段時期,無論是文人學者江湖豪俠,凡懷抱反抗異族的志士,都是利用「隱語式」的工具在異族控制下秘密活動。這是黑暗時代的自然趨勢。《紅樓夢》正是這黑暗時代的產品,自然會運用當時人共同使用彼此默認的革命術語,不過《紅樓夢》作者用心更深,運用得更巧妙罷了。我們翻開清初文字獄的檔案,便看出那時候的知識分子在異族統治下的憤恨情緒和反抗事實,他們組織同志和宣洩情感全是用「隱語式」的文字作工具,和《紅樓夢》作者運用的技巧如出一轍。所以我解釋「紅樓夢」為「朱樓夢」，有本書真真國女子「昨夜朱樓夢」的詩句和殷寶山《岫亭草・記夢》「紅乃朱也」（見清代文字獄檔案）一類數不清的材料作證。我解釋「風月寶鑑」為「明清寶鑑」，有呂留良「清風雖細難吹我，明月何嘗不照人」和徐述夔「明朝期振翮，一舉去清都」（見清代文字獄檔案）等可以作證。我解釋寶玉說「除明明德外無書」暗指明朝之德，有丁文彬供詞「大明是取明明德的意思」（見清代文字獄檔案）為證，其他「猢猻」指斥胡兒，夢幻寄慨興亡，莫不有史實的印證與支持。我們探索《紅樓夢》隱語的方法，正是清初諸帝辦理文字獄的方法。我們如說清初諸帝是穿鑿附會，不獨清帝心中不服，即被殺戮的民族義士更將含恨於九泉了！

以上我簡單說明我對《紅樓夢》主題的看法，是由於我對《紅樓夢》作者和他的時代背景加以研索後所採的判斷。我不敢說我的判斷最正確，然而我虔誠的希望依據客觀的事實，新發現的材料得到最正確的判斷。胡適、俞平伯諸氏的考證，過去曾獲得海內外人士的信從，然而我認為證據不足，不能解決我內心的疑團，我終不敢輕易苟同。我從一九五一年以來，曾不斷發表相反的意見，我不希望我的意見能夠壓倒旁人，而是希望我的懷疑能夠得到徹底的解決。我始終覺得做學問應當服從真理，不應當崇拜偶像。學者只要有一絲崇拜偶像的念頭，便會不知不覺的錯過真理。我剛看完吳恩裕先生的〈考稗小記〉，其中有一則說：

永忠「因墨香得觀《紅樓夢》小說〈弔雪芹〉（三首）」中之第二首云：「顰顰寶玉兩情癡，兒女閨房語笑私；三寸柔毫能寫盡，欲呼才鬼一中之。」其末句俞平伯先生謂或當作「欲呼才鬼一申之。」近見孔另境先生編之《中國小說史料》二〇六至二〇八頁引余舊文〈永忠弔曹雪芹的三首詩〉時，此句竟被改為「欲呼才鬼一申之」，實誤。按永忠詩中數見「一中之」之處，手邊無《延芬室集》手稿，一時無從檢查。即以文義言之，「中」字在此句中為動詞，猶言「是正」、「就正」之意。則「欲呼才鬼一中之」亦即：「想把那才氣極高的曹雪芹叫出來請教請教」之意。

這是一個崇拜偶像致誤的例證。俞平伯是紅學權威，他說「一中之」當作「一申之」，編書的人引據時就依改為「一申之」。吳恩裕先生雖然誤解「一中之」的意義，然而他不肯改動原文，這總是對的。其實「中之」出《三國志・徐邈傳》，乃是斟酒飲酒的意思。「欲呼才鬼一中之」，是說要叫地下的才人出來飲一杯的意思。由此可知研究學問不能徹底了解，而附和權威，是太懶惰而且很危險的事。當初高鶚、程小泉刻《紅樓夢》

不署作者的姓名，態度是非常謹嚴的；近年印《紅樓夢》的出版商，受權威的影響，都標上曹雪芹的名字了。姑無論「曹雪芹」會不會成為「一申之」，然而輕改原書的本來面目，這便是犯了不忠實、不科學的戒律了！

《紅樓夢》答問

一、寶玉影射傳國璽之謎

問：潘夏先生！聽說您對於《紅樓夢》的本事，曾有一番新穎的見解；並且曾和胡適之先生大開筆戰。我們都知道胡先生是以歷史考證方法來確定《紅樓夢》「作者自敘」的說法的；胡先生是最反對「猜謎式、索隱式的紅學」的，難道您不接受歷史考證的新科學方法嗎？

答：謝謝您誇獎，我不敢說我對於《紅樓夢》有什麼新穎的見解。老實說，任何學術，我都不存新舊古今的成見，我只望求得的是「古之不舊，今之不新」的真知真理。人心感覺有新舊，真知真理是沒有新舊的。

問：既然如此，新舊問題我們不談。我要請問，您考證《紅樓夢》方法與胡先生有何不同呢？

答：哦！談到方法問題，當然是指胡先生自稱的「歷史的傳記的考證方法」和指斥旁人的「牽強附會的猜笨謎的方法」。不過，我始終覺得我所運用的方法和胡先生所運用的方法並無不同——不同的只是最後的結論，而非下手的方法。胡先生說：「魯迅曾指出謂『《紅樓夢》乃作者自敘，與本書開篇契合，其說之出實最先，而確定反最後。』確定此論點之法，全靠歷史考證方法，必須先考得雪芹一家自曹璽、曹寅至曹顒、曹頫，祖孫三代四個人共做了五十八年的江寧織造；必須考得康熙六次南巡，曹家當了四次接駕的差；必須考定曹家從極繁華富貴的地位敗到樹倒猢猻散的情況。」（胡適對潘夏先生論《紅樓夢》的一封信）所以胡先生的〈紅樓夢考證〉（《胡適文存》卷三）一文中，考出曹寅的長子是曹顒，次子是曹頫，曹寅死後，曹顒襲織造之職，到康熙五十四年，曹顒或死了，或是因事撤換了，故次子曹頫接下去做。織造是內務府的一個差使，故不算做官，故氏族通譜上只稱曹寅為通政使，稱曹頫為員外郎。但《紅樓夢》的賈政，也是次子，也是先不襲爵，也是員外郎。這三層都與曹頫相合，故可以認賈政即是曹頫；因此，賈寶玉即是曹雪芹，即是曹頫之子，所以胡適先生的結論說：「《紅樓夢》是一部隱去真事的自敘；裏面的甄賈兩寶玉即是曹雪芹自己的化身；甄賈兩府即是當日曹家的影子。」由胡先生這番話看來，胡先生的考證，依然是猜謎；不過胡先生揭開來的謎底是賈府的興敗即曹家的盛衰，賈政即是曹頫，賈寶玉即是曹雪芹。而我揣測的謎底卻是賈寶玉代表傳國璽，林薛的得失代表明清的興亡，賈府指斥偽朝，賈政指斥偽政。所猜的謎底不同，其為猜謎則一。至於說到歷史考證的方面，胡先生著眼於曹氏一家的家事；而我呢，不僅注意曹氏一家的家事，並且注意明末清初，漢族受制於異族整個時代的歷史背景。請問，考證曹氏一家的歷史既可稱為歷史傳記的考證，為什麼考證著書的整個時代的歷史便硬要叫做「猜笨謎」的考證呢？

問：既然如此，方法問題我們也不談。我要請問，何以見得《紅樓夢》作者的意思，是要傳國璽來代表政權，「石頭」、「寶玉」都是影射傳國璽呢？

答：說來話長，天寒歲晚，如果您不嫌絮聒，且聽我慢慢道來，聊供您爐邊閒話的談助。

問：潘夏先生！請您不必客氣，儘管縱談下去好了！

答：謝謝您的好意。我認為《紅樓夢》確是一部「將真事隱去」的「隱書」，作者用蘸著血淚著書的苦心，要衝破查禁焚坑的網羅，傳達民族國家的沉痛，我們必須玩味既久，誦習既熟時，才能碰到作者布置的機關，認識作者苦心的結構。細看作者穿穿插插，隱隱約約的告訴讀者石頭就是寶玉，寶玉就是傳國璽。它首先敘述這塊石頭道：

卻說那女媧氏煉石補天之時，於大荒山無稽崖煉成高十二丈見方二十四丈大的頑石三萬六千五百零一塊，那媧皇只用了三萬六千五百塊，單單剩下一塊未用，棄在青埂峰下。誰知此石自經鍛鍊之後，靈性已通，自去自來，可大可小，因見眾石皆得補天，獨自己無才，不得入選，遂自怨自愧，日夜悲哀。一日，正當嗟悼之際，俄見一僧一道，遠遠而來，生得骨格不凡，丰神迥異，來到這青埂峰下席地坐談。見著這塊鮮瑩明潔的石頭，且又縮成扇墜一般，甚屬可愛。那僧托於掌上，笑道：形體倒也是個靈物了，只是沒有實在的好處，須得再鐫上幾個字，使人人見了，便知你是件奇物。然後攜你到那昌明隆盛之邦，詩書簪纓之族，花柳繁華之地，溫柔

富貴之鄉，那裏去走一遭。石頭聽了大喜，因問不知可鐫何字？攜到何方？那僧笑道：你且莫問，日後自然明白。（第一回）

我們要注意，石頭沒有鐫刻文字，是沒有實在的好處的。所以「須得再鐫上幾個字，便是件奇物。」因為印信是必須有文字的。而且這塊鮮明瑩潔的石頭，實在是塊美玉，當那僧道二人攜頑石下凡的時候，甄士隱遇見，向僧道請教，有下列一段記述：

那僧說：「若問此物，倒有一面之緣。」說著，取出遞與士隱，士隱接了看時，原來是塊美玉，上面字蹟分明鐫著通靈寶玉四字，後面還有幾行小字，正欲細看時，那僧便說已到幻境，就強從手中奪了去。（第一回）

作者於此已明白告訴我們，石頭即是寶玉，寶玉的形狀和鐫刻的文字，作者卻從寶釵的口中眼中詳細的傳出來，這也是寓有深意的，因為她是曾經一度占有這塊石頭的啊！本書第八回云：

寶釵因笑說道：「成日家說你這塊玉，究竟未曾細細的賞鑑過，我今兒到要瞧瞧。」說著，便挪近前來，寶玉亦湊過去，便從項上摘下來，遞在寶釵手內。寶釵托在掌上，只見大如雀卵，燦若明霞，瑩潤如酥，五色花紋纏護。看官們！須知道這就是大荒山中青埂峰下的那塊頑石幻相。……那頑石亦曾記下他這幻相並癩僧所鐫篆文，正面乃通靈寶玉，莫失莫忘，仙壽恆昌，反面乃一除邪祟，二療冤疾，三知禍福等字。寶釵看畢，又從新翻過正面來看，口裏唸道：「莫失莫忘，仙壽恆昌。」唸了兩遍，乃回頭向鶯兒笑道：「你不去倒茶，也在這裏發獃作什麼？」

看了這段話，使我們想起《三國志・孫堅傳》注引《吳書》所載的漢傳國璽來。《吳書》說：

初，堅入洛，掃除漢宗廟，祠以太牢。堅軍城南甄官井上，每旦有五色氣，舉軍莫敢汲，堅令人入井探得漢傳國璽。文曰：「受命於天，既壽永昌。」方圓四寸，上紐交五龍，上一角缺。初，黃門張讓等作亂，劫天子出奔，左右分散，掌璽者以投井中。

我們試一比較，「方圓四寸，上紐交五龍」，不是「大如雀卵，燦若明霞，瑩潤如酥，五色花紋纏護」的簡寫嗎？「莫失莫忘，仙壽恆昌」，更是「受命於天，既壽永昌」的轉譯了。試想一塊美玉，鐫上這些文字，便有無限神通，不是傳國璽是什麼！一除邪祟，二療冤疾，三知禍福等，不過是魔術家眩亂看官的眼目。所以他借寶釵口裏反覆念說「莫失莫忘，仙壽恆昌」這兩句話。入海探驪，從逆鱗項下，取出寶珠，手法之高明，真叫人佩服到五體投地。他不但告訴讀者石頭是美玉，他還要告訴讀者，這塊玉實實在在是璽印。第三十二回云：

話說寶玉見那麒麟，心中甚是歡喜，便伸手來拿。笑道：「虧你揀著了！你是怎麼拾著的？」湘雲笑道：「幸而是這個，明日倘或把印也丟了，難道也就罷了不成！」寶玉笑道：「倒是丟了印平常，若丟了這個，我就該死了！」

正因作者惟恐人不能發覺，所以又旁敲側擊的告訴讀者，玉即是印，真是心細如髮，膽大如斗了。不僅此也，印璽必須用硃，所以作者的靈心，憑空揑造出今古無雙的愛紅之癖來。全書頻頻提及此事：

又忙至黛玉房中來作辭，彼時黛玉在窗下對鏡理妝，聽寶玉說上學去，因笑道：「好，這一去可要蟾宮折桂了，我不能送你了。」寶玉道：「好妹妹，等我下學再吃晚飯，那胭脂膏子也等我來再製。」嘮叨了半日，方抽身去了。（第九回）

襲人道：「還有更要緊的一件事，再不許弄花兒弄粉兒，偷著喫人嘴上擦胭脂和那個愛紅的毛病兒了。」（第十九回）

黛玉一回眼，看見寶玉左邊腮有鈕扣大小的一塊血漬，便欠身湊近前來，以手撫之，細看道：「這又是誰的指甲劃破了？」寶玉倒身，一面躲，一面笑道：「不是劃的，只怕是剛纔替他們淘澄胭脂膏子，濺上了一點兒。」（第十九回）

寶玉不答，因鏡臺兩邊，都是妝奩等物，順手拿起來賞玩，不覺拈起了一盒子胭脂，竟欲往口裏送，又怕湘雲說，正猶豫間，湘雲在身後伸手過來，拍的一下，將胭脂從他手中打落，說道：「不長進的毛病兒，多早晚才改呢？」（第廿一回）

金釧兒一把拉著寶玉，悄悄的說道：「我這嘴上是才擦的香香甜甜的胭脂，你這會子可喫不喫了。」（第廿三回）

涎著臉笑道：「好姐姐，把你嘴上的胭脂賞我喫了罷！」（第二十四回）

原來寶玉愛吃胭脂，是從玉璽要印上朱泥想出來的。至於胭脂盒究竟作何形狀呢？請看《紅樓夢》第四十四回，當鳳姐向賈璉潑醋以後，把平兒打得找刀子尋死時，寶玉讓了平兒到怡紅院中來，寶玉盡心安慰她，又勸她擦上一些胭脂，有後面一段記事：

寶玉在旁笑勸道：「姐姐還該擦上些胭脂，不然倒像是和鳳姐姐賭氣了似的。況且又是他的好日子，而且老太太又打發人來安慰你。」平兒聽了有理，便去找粉，只不見粉。寶玉忙走到粧前，將一個宣窰磁盒揭開，裏面盛著一排十根玉簪花棒，拈了一根，遞與平兒。又向他道：「這不是鉛粉，這是紫茉莉花種研碎了，兌上香料製的。」平兒倒在掌看時，果見青白紅香，四樣俱美。撲在面上，也容易勻淨，且能潤澤肌膚，不似別的粉青重澀滯。隨後看見胭脂，也不是成張的，卻是一個小小的白玉盒子，裏面盛著一盒，如玫瑰膏子一樣。寶玉笑道：「那市賣的胭脂，都不乾淨，顏色也薄；這是上好的胭脂，擰出汁子來，淘澄淨了渣滓，配了花露，烝疊成的。」（字句依戚蓼生本）

「白玉盒子裏面盛著一盒如玫瑰膏子一樣」的胭脂盒，這又是作者暗示胭脂盒即印泥盒子。我們既然知道一顆玉璽，印上朱泥；那麼，還有甚缺少的配件呢？真虧作者想得周到，又替他配上一個印盒。我們記得寶玉的侍婢，最親暱的莫過於襲人，寶玉神遊太虛境後，初試雲雨情的就是襲人。襲人拆開來就是龍衣人，這又是作者寓的深意。寶玉又曾孌愛一戲子，名叫蔣玉函，小名叫琪官。寶玉出家後，王夫人把襲人打發回花家，她哥哥花自芳許配與城南蔣家的，有房有地，又有舖面，人物兒長得百裏挑一，成婚之後，方知這姓蔣的原來就是蔣玉函。經作者巧配姻緣，玉璽就配上玉函了，不僅有了玉函，而且玉函還是紫檀木做的呢！何以見得，我們看第三十三回忠順親王的長府官因聞寶玉隱藏琪官，特向賈政索取，逼得寶玉說出實情來：

大人既知他底細，如何連他置買房舍這樣大事倒不曉得了。聽得說，如今在東郊離城二十里，有個什麼紫檀堡，他在那裏置了幾畝田地，幾間房舍，想是在那裏亦未可知。

這不是明明說玉函是紫檀木製成的嗎？一塊玉石，鐫上傳國璽的文字，印上硃泥，盛在紫檀盒裏，用龍紋包袱纏裹，試問，這是什麼撈什子呢？這不是分明點醒讀者，寶玉就是傳國璽嗎？在這裏，我們既知寶玉即是傳國璽，所以啣玉而生的這個人自然是天子的身分。處在異族的鐵蹄下，我們的作者不敢明寫，只能旁敲側擊，暗中指點。我們看，寶玉挨打之後，薛姨媽和薛寶釵都疑心是薛蟠挑唆了人來告寶玉的，誰知道這一次卻不是他幹的，惹得他說出一番驚人的話來。這段事在第三十四回裏面：

薛蟠本是一個心直口快的人，見不得這樣藏頭露尾的事，又是寶釵勸他別再胡逛去，他母親又說他犯舌，寶玉之打，是他治的，早已急得亂跳，賭神發誓的分辨。又罵眾人：「誰這麼編派我，我把那囚囊的牙敲了。分明是為了打寶玉，沒的獻勤兒，拿我來做幌子，難道寶玉是天王！」

這是作者借薛蟠口中吐出天王的名號，原來《春秋經》稱周朝的天子就叫做天王啊！作者點明一次不算，還要借鴛鴦口中叫出。鴛鴦是史太君的寵婢，無端被賈赦看中，要討來作姨娘。偏偏鴛鴦執意不從，賈赦發怒，拿話威嚇她，鴛鴦拉了她嫂子，到賈母跟前跪下哭訴：

方才大老爺越發說我戀著寶玉，不然要等著往外聘，憑我到天上，這一輩子也跳不出他的手心去。終久要報仇。我是橫了心的，當著眾人在這裏，我這一輩子，別說是寶玉，便是寶金、寶銀、寶天王、寶皇帝，橫豎不嫁人就完了！（第四十六回）

寶天王、寶皇帝，作者大聲疾呼的叫著，難道我們還充耳不聞嗎？寶玉是天王，所以寶玉住的大觀園，劉姥姥便叫它做玉皇寶殿。第四十一回說：

一時，又是鴛鴦來了，要帶著劉姥姥逛，眾人也跟著取笑。一時，來至省親別墅的牌坊底下，劉姥姥道：「噯呀！這裏還有大廟呢！」說著，便爬下磕頭。眾人笑彎了腰。劉姥姥道：「笑什麼，這牌樓上的字，我都認得，我們那裏這樣的廟宇最多，都是這樣的牌坊，那字就是廟的名字。」眾人笑道：「你知道這是什麼廟？」劉姥姥便指頭指那字道：「這不是玉皇寶殿！」

玉皇寶殿者，寶玉皇殿也！寶玉既是影射傳國璽，所以寶玉有無上的威力。我們看

第十六回寶玉到秦鐘家探病的一段記載：

寶玉一見，便不禁失聲。李貴忙勸道：「不可！不可！秦相公弱症，未免炕上挺矼的骨頭不受用，所以暫且下床鬆散些；哥兒如此，豈不反添了他的病！」寶玉聽了，方忍住。近前見秦鐘面如白蠟，合目呼吸於枕上。寶玉忙叫道：「鯨兄，寶玉來了。」連叫兩三聲，秦鐘不睬。寶玉又道：「寶玉來了！」那秦鐘早已魂魄離身，只剩得一口悠悠的餘氣在胸，正見許多鬼判持牌提鎖來捉他。那秦鐘魂魄那裏肯就去，又記念著家中無人掌管家務，又記挂著父母還有留積下的三四千兩銀子，又記挂著智能尚無下落，因此百般求告鬼判。無奈這鬼判都不肯徇私，反叱咤秦鐘道：「虧你還是讀過書的人，豈不知俗語說的，閻王叫你三更死，誰敢留人到五更。我們陰間上下，都是鐵面無私的，不比你們陽間，瞻情顧意，有許多的關礙處。」正鬧著，那秦鐘魂魄，忽聽見寶玉來了四字，便忙又要求道：「列位神差，略發慈悲，讓我回去和這一個好朋友說一句話，就來的！」都判官聽了，先就諕慌起來，忙喝罵鬼使道：「我說你們放了他回去走走罷，你們斷不依我的話，如今只等他請出個運旺時盛的人來才罷。」眾鬼見都判如此，也都忙了手腳，一面又抱怨道：「你老人家先是那等雷霆電雹，原來見不得寶玉二字！依我們愚見，他是陽，我們是陰，怕他也無益於我們！」都判道：「放屁！俗話說的好，天下官管天下民，陰陽並無二理！別管他陰，也別管他陽，沒有錯了的！」眾鬼聽說，只得將他魂放回。哼了一聲，微開雙目，見寶玉在側，乃勉強嘆道：「怎麼不早來，再遲一步，也不能見了！」（據戚蓼生八十回本。百二十回本文字多有不同，無自「依我們愚見」以下五十餘字。）

寶玉的威力可以唬倒鬼判，正因他是傳國璽的緣故。王者官天下，所以說「天下官管天下民」，這正是作者點明寶玉是傳國璽，是代表政權，是天子的身分。不然，寶玉是什麼官？曹雪芹又是什麼官？由於全書中這一類的明呼暗喚，旁敲側擊的啟示觸目皆是，所以我說寶玉是影射傳國璽，而不敢相信《紅樓夢》是「曹雪芹自敘」的說法。

問：潘夏先生！據您說來，似乎也言之成理。不過聽說胡適之先生對於您的意見，曾經提出反駁；胡先生是紅學權威，三十年前曾將蔡元培先生索隱式的看法駁得體無完膚，名聞遐邇。不知胡先生反駁您的意見如何，您能忠實的告訴我們嗎？

答：哦，是的。胡先生攻擊我最具體的一點，就是剛才談到的寶玉影射傳國璽的問題。胡先生說：「潘君引《三國志·孫堅傳》注引的傳國璽一段之後，接著說：『我們試一比較，「方圓四寸，上紐交五龍」（裴注引）不是「大如雀卵，燦若明霞，瑩潤如酥，五色花紋纏護」（《紅樓夢》語）的簡寫嗎？』這一句話最可以表示穿鑿附會的方法來自欺欺人。請問世間可有雀卵大到方圓四寸的嗎？試問一個嬰兒初生時嘴裏能啣方圓四寸的東西嗎！」（胡適對潘夏先生論《紅樓夢》的一封信）

問：胡先生這一駁難，似乎很有理由。很希望您能把胡先生提出的這一駁難，給我們具體切實地答覆，作為我們對寶玉是否影射傳國璽這一問題的重要參考，同時也作為我們這一次談話的結束。

答：好的，胡先生這一質問，確實是具體的事實，不容有絲毫游移空洞的閃避。我現在的答覆首先要說明玉璽大小尺寸的問題。我們知道漢璽的「方圓四寸」，乃是那時代的尺度，不是清代明代的尺度。這情形猶如美國英國通用的尺度和我國所用的尺度，顯然有長短的差別。關於古今尺度的差異，不須繁徵博引，姑且舉明末清初一位反清的國學大師顧亭林先生一段話來作證：

《漢書・王莽傳》言：「天鳳元年，改作貨布，長二寸五分，廣一寸；首長八分有奇，廣八分，其圜好徑二分半；足枝長八分，間廣二分；其文右曰貨，左曰布；重二十五銖。」頃富平民掊地得貨布一罌，所謂長二寸五分者，今鈔尺之一寸六分有奇；廣一寸者，今之六分有半；八分者，今之五分。而二十五銖者，今稱得百分兩之四十二。（《日知錄》卷十一權量條）

我們根據亭林先生的算法；漢朝一寸，相當顧先生時代的六分半。那麼，方圓四寸，等於當時的二寸六分。這一層，胡先生和我討論之前，似乎是應該首先向讀者聲明的。現在談到通靈寶玉形狀的問題，我們試看《紅樓夢》的描寫：

第一，通靈寶玉是可大可小，可伸可縮的：

誰知此石自經鍛鍊之後，靈性已通，自去自來，可大可小。（第一回）

第二，通靈寶玉誕生時，是從嘴裏掏出來的，上面有字，還有現成穿眼：

不想隔了十幾年又生了一位公子。說來更奇，一落胞胎，口裏便啣下一塊五彩晶瑩的玉來，還有許多的字跡，你道是新聞不是？（第二回）

黛玉道：「姐姐們說的我記著就是了。究竟不知那玉是怎麼個來歷，上頭還有字跡。」襲人道：「連一家子也不知來歷，聽得說落草時從他口裏掏出，上面有現成穿眼。讓我拿來你看便知。」黛玉忙止道：「罷了，此刻夜深了，明日再看不遲。」（第三回，此節據戚蓼生八十回本，百二十回本無。）

第三，我們知道，通靈寶玉並非如圓球體似的那樣的雀卵，乃是分正反兩面的；而且《紅樓夢》的作者雖然把它縮小到可以啣在胎兒的口中，卻又把它放大到「方圓四寸」的模樣。我們試看《紅樓夢》第八回當寶釵賞鑑通靈寶玉之後，戚蓼生本的《紅樓夢》還接著有一段這樣的敘述：

那頑石亦曾記下他這幻相，並癩僧所鐫的篆文，今亦按圖畫於後。但其真體最小，方能從胎中小兒口中啣下，今若按其體畫，恐字跡過於微細，使觀者大費眼光，亦非暢事。故今只按其形式，無非略展放些規矩，使觀者便於燈下醉中可閱。今註明此故，方無胎中之兒，口有多大，怎得啣此狼犺蠢物等語謗余之談！

通靈寶玉正面

通靈寶玉反面

寶釵看畢，又從翻過正面來細看，口內唸道：「莫失莫忘，仙壽恆昌。」唸了兩遍，乃回頭向鶯兒笑道：「你不去倒茶，也在這裏發呆作什麼！」鶯兒嘻嘻笑道：「我聽這兩句話，倒像和姑娘的項圈上的兩句話是一對兒。」（自「今亦按圖畫於後」以下，至「弍知禍福」，百二十回本語多刪節。）

我們看了前面的記載，知道《紅樓夢》作者用雀卵比方通靈寶玉，不過是局部的節取，不可蹈「瞽者喻日」、「刻舟求劍」的譏誚。況且即使天下有「方圓四寸」的雀卵，亦不會有分正反兩面還有現成穿眼的「雀卵」！作者有意將通靈寶玉——即傳國璽——的模樣顯示給讀者看，所以他「依樣畫葫蘆」的摹寫出來。我們看《紅樓夢》作者所畫出來的玉璽文字，其大小不是和漢朝的四寸——明朝的二寸六分——相彷彿麼？這正是作者的技巧，這正是作者的苦心！更奇怪的是，連胡先生「試問一個嬰兒初生時嘴裏能啣方圓四寸的東西嗎」的疑問，《紅樓夢》的作者都老早代我們答覆在案，似乎不必要我再多費筆墨了。寶玉是否傳國璽，亦只有讓聰明的讀者去加以抉擇了。

二、林黛玉薛寶釵之謎

問：潘夏先生！您上次告訴我們《紅樓夢》的寶玉是影射傳國璽，是代表政權。現在請您繼續說明何以見得林黛玉是代表明朝？又何以見得薛寶釵是代表清室？在答覆我們這個問題之前，還有一個先決問題，可否請您加以解釋？

答：先決問題當然應該儘先解決。

問：當初胡適之先生反對蔡元培先生的《石頭記索隱》，曾提出兩大理由：「㈠別種小說的影射人物，只是換了他姓名，男還是男，女還是女，所做的職業還是本人的職業。何以一到《紅樓夢》就會男變為女，官僚和文人都會變成宅眷？㈡別種小說的影射事情，總是保存他們原來關係，何以一到《紅樓夢》，無關係的就會發生關係？例如蔡先生考定寶玉為允礽，黛玉為朱竹垞，薛寶釵為高士奇，試問允礽和朱竹垞有何戀愛的關係？朱竹垞與高士奇有何吃醋的關係？」這兩層質詢，蔡先生始終沒有令人滿意的答覆，您的見解能否明白告訴我們？

答：我對《紅樓夢》的見解，雖然同意蔡氏「作者持民族主義甚摯，書中本事在弔明之亡，揭清之失」的說法，但是蔡氏考證中所影射的人物，我卻不曾苟同。我的答案是：寶玉是傳國璽，代表政權；林代表明，薛代表清。明清都是曾執掌政權，所以有戀愛的關係；林薛互爭政權，所以有吃醋的關係，這一質詢，在我的說法裏是無須答辯的。

問：那麼影射的人物，一到《紅樓夢》就會男變為女，那又是什麼道理呢？

答：這一問題，可分兩層來解釋。從通常文學作品來觀察，為了使辭義含蓄委婉，作品中往往用比興的方式來抒情達意，所以屈原〈離騷〉就用美人來指稱懷王，何嘗不是男性變成了女性。如果從寫作《紅樓夢》的特殊環境來觀察，那更有男變為女的必要。因為《紅樓夢》是處在異族鐵蹄下反抗異族之書，所以他影射的人物更需要披上偽裝，加強掩護。猶如做地下工作的人，可以用纏綿悱惻的情書，暗傳敵人軍事的秘密。在清初異族統治之下，文字之獄，叫人悲憤填胸透不過氣來，《紅樓夢》作者自不能不極盡文人狡獪，借兒女之情，傳家國之恨。那麼《紅樓夢》影射的人物，男性的變為女性，這又何足為奇呢！

問：潘夏先生！您這番解釋，雖屬言之成理，但是究竟只是理論，您能否舉一個在同樣環境下的具體的事例來證明您的理論呢？

答：這個不難。我們試看錢謙益在明朝亡國後的兩篇文章，現在節抄在下面，請您細看一遍。

一、呂留侯字說

崇德呂子留良請更其字於余，余字之曰留侯。昔者司馬長卿慕藺相如之為人，名曰相如。……呂子起家布衣，足跡不出閭里，非有如子房五世相韓，破產結客，東見倉海君震動天地之事，今呂子名曰留良，則已兼子房之名與號而有之，余又字之曰留侯，呂子之於子房，何啻長卿之慕相如而已乎！吾每讀李太白詩至〈下邳懷古〉之篇，輒為流連感嘆。……呂子搖筆歌詩，師承太白，其於子房固有曠世而相感者，余之更其字也，竊有望焉。……為呂子更字，中心癢癢然，恐不得一當也。作留侯字說以贈呂子，俾其藏之篋衍，須余言之有徵也，而後出之。

二、黃扶木字說

餘姚黃子宗炎，字晦木，余為改字曰扶木。按《山海經》：「大荒之中有谷曰溫源，上有扶木，柱三百里，一日方至，一日方出，皆載於烏。」郭弘農曰：「溫源，即湯谷也。扶桑在上，言日交會相代也。」〈海內東經〉曰：「湯谷上有扶桑，十日所浴居水中，有大木，九日居下枝，一日居上枝。」……以人代言之，炎漢十世而光武中興，十世其下枝之九日歟？光武其上枝之一日歟？天寶幸蜀而靈武收京，天寶其方至之一日歟？靈武其方出之一日歟？黃子抱膝長吟，精思古今剝復之會，其有以辨此矣。扶木柱三百里，柱者高也，有扶之象焉。人言虞淵浴日，不知東南海外，有女子名曰羲和，方浴日於甘淵，此女子過丈夫遠矣！寧戚之歌曰：「長夜漫漫何時旦」，此非吾所期於黃子也。

問：潘夏先生！您是不是認為這兩篇文章隱藏著特殊意義？第一篇替呂留良改字為留侯的用意，似乎是希望他效法張良推翻暴秦的方法來打倒滿清，所以錢謙益囑咐他把這篇文章藏在篋笥裏，等到革命成功後纔可以發表出來。第二篇文章似乎是希望明朝能有人像漢光武唐肅宗光復河山；不過「扶木」有何涵義？「羲和女子」又是指的什麼人物呢？

答：是的，您提出的問題正是我要加以說明的重點。我認為名曰羲和的女子，正是指在臺灣幹復明滅清工作的延平郡王鄭成功；扶木是寓有希望黃宗炎扶助鄭成功恢復明室的意思……

問：哦！潘夏先生！恕我打斷您的話頭，照您這樣說法，難免又有人說您是穿鑿附會之尤了！

答：是的，請您聽我解釋後，給我一個公正的批判。我們都知道崇禎殉國以後，清兵入關，接著福王敗於南京。明室的後裔，唐王、魯王、桂王相繼失敗，這時延續大明一脈的，只有東南海外的鄭成功，而鄭成功就是錢謙益的學生。這時一般明朝的遺民，都希望鄭成功早日反攻，恢復大陸。所以顧亭林黃宗羲一班人都和海外暗通消息。鄭成功大軍圍攻南京失敗前後，錢謙益和杜甫〈秋興〉詩有百首之多，都是為鄭成功而興奮、而感傷、而哀悼，這可看出他們對鄭成功期望之殷，關係之密。我們還應該記住，鄭成功本名森，字大木，而鄭森字大木的本來名字，就是他的業師錢謙益所命。由此看來，東南海外的女子不是明明指的鄭成功麼？甘淵浴日，正是象徵恢復大明的工作，所以他說「此女子過丈夫遠矣」。錢謙益改字黃宗炎為扶木，就是希望黃宗炎去扶助鄭大木做恢復大明掃蕩胡清的工作啊！因此我懷疑《紅樓夢》中作「昨夜朱樓夢，今宵水國吟」一詩的海外女子，亦可能是影射鄭成功。話題扯得太遠，得回到原來的論點，錢謙益在受異族控制下寫成的作品，用女子來影射男子，這便是一個顯明的例證，也是《紅樓夢》

影射的人物，往往會變男性為女性的原因。

問：哦，原來有此一理。那麼請您說明由林黛玉來影射明朝的道理罷。

答：因為寶玉既是傳國璽，是帝王，所以林薛相爭，就象徵明清互鬥。林薛別名，一稱瀟湘妃子，一稱蘅蕪君，都顯出帝王身分，和其他姊妹們的外號迴然不同。黛玉的前身是絳珠仙草（見第一回），絳紅都是影射明朝的國姓。黛玉是代表明朝，因此，瀟湘館中有她寫的「綠窗明月在，青史古人空」的一副聯語（見第八十八回）。黛玉是朱明，故體己的婢女名叫紫鵑，紫是朱的配色，鵑是望帝之魂。還有黛玉的身分是天子，所以她所吃丸藥是天王補心丹（見第二十八回）。至於黛玉代表明朝，何以定要姓林的緣故，我也可以舉出若干理由。第一，因為她代表君主，所以她姓林。《爾雅・釋詁》開篇第二條就說：「林、烝、天、帝、皇、王、后、辟、公、侯，君也。」《詩》、《書》、《爾雅》，從前人是讀得爛熟的，自然容易發生聯想。第二，因為明朝的皇帝姓朱，所以她姓林。許慎《說文解字》說：「朱，赤心木，松柏屬。」朱是林木之類，所以黛玉說：「我們不過是個草木人兒罷了！」（見第二十八回）第三，明朝宗室國亡之後有改姓林的先例，所以她姓林。明末清初寧都魏禧和一班反清復明的同志隱居翠微峰上，號稱易堂九子（日月為易，也暗藏著一個「明」字）。其中有個叫林時益，字確齋的，本是明朝宗室，原名朱議霶。他們暗中擁戴他為領袖，這便是姓朱的國亡後改姓林的實證。

問：哦，倒也有趣，明朝宗室國亡後竟有改姓為林的活生生的事實！我卻要請教這椿事的出處何在？

答：有兩篇文章，我又節錄下來，還是請您看一看。

一、魏禧《魏叔子文鈔．朱中尉傳》

奉國中尉議霶，年少特以賢名，四方豪傑士多從之游。……中尉性豪邁，敢大言，見天下將亂，專意結客，招致方外異人，冀他日為國家用。師事太僕段公然，海內所推三異人，段其一也。與中尉語，大愛之。更令讀《大學衍義》諸書，求實用。張若仲亦負奇才，精擊刺，中尉與為兄弟交，得其技。僧辨文、道士張還初，深沉有大略，中尉皆委心交之。而辨文往為邊帥，技勇絕倫，肌膚如削玉，甲申，中尉病，湖上寇迫，不能行。辨文縛椅為筍輿，同一鄉人舁之。人見辨文狀貌奇偉，咸怪異。而鄉無賴子有妄擬中尉橐中裝者，辨文微覺之。日將夕，挾弓矢為嬉游，取木楗插百步外射之，十發，矢盡中。諸無賴子大驚，皆羅拜，請遂為弟子。中尉更友南昌彭士望。士望三至寧都，見寧都魏禧，立談定交，遂同中尉往依焉。與諸子結廬金精之翠微峰，講易讀史，為易堂，凡八九人。戊午八月，復病，嘔血死，年六十一。……先是中尉嘗謂士望、禧、禧之弟禮曰：吾衰病無所用於世，君輩好為之！魏禧曰：中尉來寧都，時年二十有八。予與季禮方壯，並願為中尉死也。中尉更姓林，字確齋。……

二、彭士望《躬庵文鈔・賢溪重修聖廟序》（原注：代林確齋名時益，句容人，原朱議雱。）

新城之西有賢溪，溪之千聖廟翼然，其子姓環居其後。……壬寅，賢溪再新聖廟，而曲阜宗公為之記。其裔孫鼎年七十，恭而好學，與時益友善。以廟記屬益曰：子不可無後序！益敬受而喜，退而自悲，俯而慚。……益嘗考得姓，殷比干子避難長林山，遂以為氏。而周平王庶子亦自命林開，若早見於秦嬴之事，社稷之子，或在畎畝。其後卒流離泯滅，久而弗章，可為嗚歐！……。

問：哦！看了這幾段文章，真覺得明清之際，斷簡殘篇中，大有人在，亦大有事在！只可惜沒人網羅散佚，整理舊聞罷了！潘夏先生！據您所舉，不但明朝亡國王子有改姓為林的，簡直是殷周以來失國王子，都有改姓為林的慣例了！現在請您談談關於薛寶釵罷。

答：我說薛寶釵影射清朝，是因為釵字拆開來便成為又金。清之先本女真，宋徽宗政和五年，酋長完顏阿骨打稱帝。改國號曰金。金之色白，故完顏部色尚白。朱希祖先生〈後金國汗姓氏考〉說：「清太祖初建國時，其對明廷請和等文書，則稱建州國汗；對朝鮮移書，則稱後金國汗；而對其國內，則自稱金國汗，或稱大金國；稱明為南朝。……至太宗崇德元年，始改國號曰清，而諱稱金。」「又金」，正是「後金」的意思。寶釵是金，故體己的婢女鶯兒本名金鶯。金之色白，故寶釵姓薛。薛音同雪，金陵十二釵正冊題詩的「金簪雪裏埋」，和紅樓夢曲詞的「空對著山中高士晶瑩雪」，兩個雪字都是諧「薛」的聲音。第四回門子抄的護官符所云：「豐年好大雪，珍珠如土金如鐵」，尤其明白地指示「大雪」就是薛家。寶釵代表清朝，住的是蘅蕪院。在第十七回大觀園試才題對額的時候，蘅蕪院的匾額，寶玉原題的是「蘅芷清芬」，把清朝的字眼直接點出，不過作者纔一逗露，又閃縮過去，不使人發覺罷了。還有，寶釵之兄名蟠。蟠者，番也；

从虫者，猶狄从犬，羌从羊，正是指斥他是異族番人。又因清朝僭位，作者不承認它是正統天子，所以寶釵之兄薛蟠的綽號叫獃霸王。這一切的一切，都是作者慘淡經營，指點讀者，我們真不該辜負作者的苦心啊！

問：聽您說來，似乎《紅樓夢》確是寓有深意的隱書。不過您說霸王也具有天子身分，那麼賈母說王熙鳳是「霸王似的一個人」（見第四十五回），李紈說「鳳丫頭就是楚霸王」（見第三十九回），難道鳳姐也具有天子的身分嗎？

答：是的，我以為鳳姐確是具有天子同等的權力和身分。

問：哦，那就出奇了！鳳姐這一個準天子又是誰呢？

答：我以為鳳姐影射的就是清朝開國的攝政王多爾袞。

問：哦！您是否因為鳳姐曾經協理寧國府（見第十三回），所以您認為是影射攝政王？

答：是的，除此以外，還有甚多影射襯托之處，可惜我們今天談話的主題限於寶釵黛玉，恕我不再多說了。

問：雖然如此，還是請您多少說明一點。

答：好的，我們試看鳳姐的丈夫賈璉，賈璉曾勾搭上一個婦人，這個婦人偏偏叫做多姑娘（見第二十一回），不是暗中點明是多爾袞嗎？賈璉調戲尤二姐，撂給二姐的偏偏是自己帶的一個漢玉「九龍珮」（見第六十四回），九龍不是暗射九王爺嗎？（張煌言〈建夷宮詞〉自注云：胡酋初死，妻不耐獨宿，私於酋弟偽九王。）女先兒說新書，名叫「鳳求鸞」。書上說一位鄉紳，本是金陵人氏，名喚王忠，曾做過兩朝宰輔，膝下只有一位公子，名喚王熙鳳（見第五十四回）。這不是影射多爾袞死後追贈忠王嗎？總之，王熙鳳影射多爾袞的痕跡還有的是，不過軼出我們談話的主題，我們只好就此打住。

問：《紅樓夢》作者，為何要這般吞吞吐吐，閃閃爍爍地說話呢？

答：啊！一個處在異族監視下的志士，他既不能說明，又不甘心不說；除了一字一淚，乍吞乍吐，來傾瀉心聲之外，還有什麼辦法呢？《紅樓夢》第十九回，寶玉撞著一個演秘戲的活美人，寶玉趕出道：「你別怕，我不告訴人」，急的茗煙在後叫：「祖宗！這是分明告訴人了！」《紅樓夢》作者的心情正是不敢告訴人，然而卻是分明告訴人了！

三、隱痛、隱事、隱語、隱書

問：潘夏先生！聽您說出《紅樓夢》作者蘸著血淚著書的苦心，似乎《紅樓夢》確是一部含有亡國隱痛的「隱書」了。您能把這部奇書產生的背景，先給我們一個簡單明瞭的概念嗎？

答：是的。談到《紅樓夢》產生的背景，可以分成兩方面來說明。第一，由於文學的背景：作者憑藉中國文字傳統的隱藏藝術，可以巧妙靈活加以運用，故有構成《紅樓夢》這部「隱書」的可能。第二，由於時代的背景：作者鑑於異族箝制思想的嚴密酷毒，他非巧妙地運用這種隱藏藝術不能達到「真事」流傳的目的，故有構成《紅樓夢》這部

「隱書」的必要。他必須選擇一個大眾愛好的題材，他必須完成一部舉世傾倒的傑作，然後纔能風靡一時，不脛而走；然後纔能膾炙人口，百讀不厭。他要人愛好既深，玩味既久，誦習既熟時，像劉姥姥撞進怡紅院，猛然碰到作者布置的機關，便自然認識到作者苦心的結構。真是所謂「蓮子心中苦，梨兒腹內酸」，他的酸苦是深深地隱藏在甘甜之中的。作者深懼淺嘗的人僅僅嘗到表面的甘甜而忽略了他內心的酸苦；所以他不得不在開卷第一回便垂涕而道：「滿紙荒唐言，一把辛酸淚，都云作者癡，誰解其中味」了。

問：潘夏先生！您所說的中國文字傳統的隱藏藝術，是否指謎語、拆字、諧音的雙關語一類的文字遊戲？

答：是的。西方人曾說：「藝術最大的秘訣就是隱藏。」文學的隱藏藝術，自然包含著情意和文字技巧兩方面。情意這一方面，是世界文學共同的；而文字技巧方面，則是中國文學獨步的。《紅樓夢》作者如果失去這種天然憑藉，亦就無從產生《紅樓夢》這部古今獨步的奇書了。

問：既然如此，就請您把中國文學獨步的隱藏藝術，給我們一個有系統的介紹罷。

答：提到中國文學和文字的隱藏藝術，那真是五花八門，罄竹難書。我姑且舉幾個例子來說明中國文字隱藏藝術的普及和深入的現象罷。

問：潘夏先生！您是否意在說明此一現象，用以證明《紅樓夢》作者所運用的技巧，是一般讀者所能領會的工具，是接近讀者，而不是脫離群眾。

答：是的，我的用意正是如此。我們看清初的幽默大師金聖歎臨刑時，他的兒子來送他，他說：「我想起一句話——『蓮子心中苦』（以蓮諧憐），你試對對看。」他的兒子正傷心痛哭，那裏對得上來。他說：「癡兒，這有什麼傷心，我替你對好了，就是『梨兒腹內酸』罷（以梨諧離）。」臨到殺頭的時候，還要來一次隱藏藝術，真是幽默透頂了！這類玩藝，不但尋常文士普遍流行，像明末起兵抗清的張煌言，他的《蒼水集》中亦有離合詩五首，現在我把它移錄下來：

歸思寓郡望姓氏

兵甲破天來，兵燹亦改氣，中田一揮手，十年悲捐棄。四晞髮扶桑津，希踪渺無儷，胡為歲寒心，古今迥自異。明弦月挂霜空，玄禽沒雲際，倀倀欲余行，人生竟安寄。張交游漸已乖，父書將終廢，幼穉儼成行，刀環徒縈繫。玄等身五岳間，寸土焉留滯，睹物起離情，目斷歸鴻去。箸

像張蒼水這樣的民族英雄，在兵戈擾攘的當中，操筆為文，還要做拆字式離合詩這種玩藝，可見中國文字傳統的隱藏藝術，是如何普及深入到各階層各類型的人物！同時，這種文字上的隱藏藝術，早已經成為清初富有民族思想的漢人，用來表達意志的共同工具；並非《紅樓夢》作者獨用的技巧，不過《紅樓夢》作者運用得更靈活更巧妙罷了。

問：潘夏先生！您所說反清的漢人用來表達意志的工具，是否指清初文字獄裏一班人物的事實？

答：是的。在清初這一段時期，無論是文人學者江湖豪俠，凡懷抱反抗異族的志士，都是利用「隱語式」的工具在異族控制下秘密活動。這在黑暗時代鐵幕當中，是自然的趨勢。《紅樓夢》亦是在這「黑暗時代鐵幕當中」的產品，自不例外。所以我解釋《紅樓夢》中的隱語，並不是片面的根據文字技巧的猜測，而是有史實的印證與支持。譬如朱明影射國姓，夢幻寄慨興亡，都是證據繁多，不須曲解的。

問：哦！潘夏先生！您能列舉幾樁事實給我們看嗎？

答：當然可以。我們現在談的是「紅學」，自然應該先說明「紅」字影射的意義。除了本書的作者借真真國女子詩中，把《紅樓夢》繙譯成朱樓夢外，我們再看一段清朝文字獄的檔案：

乾隆四十三年八月二十七日上諭：「據劉墉另摺奏稱：『有丹徒生員殷寶山當堂投遞狂悖呈詞，並於其家中搜出詩文二本，語多荒謬等語。』殷寶山所呈芻蕘之獻，深詆士習、民風、吏弊，竟以為耳聞目見，無一而可，其人必非安份守法之徒。

但所言猥瑣，轉可置之不問。至閱其內〈記夢〉一篇有云：『若姓氏、物之紅色者是。夫色之紅非即姓之紅也，紅乃朱也。』等語，顯係指稱勝國之姓，故為翁子徽國之語以混之，尤屬狡詭！該犯自高曾以來，即為本朝臣民，食毛踐土，乃敢繫懷故國，其心實屬叛逆，罪不容誅。」

看了這樁血案，便得到紅影射朱的最確實的註腳。我們把明代遺民的文學作品看得愈多，這事實的印證亦愈多。甚至在藝術作品中亦隨時隨地發現到這種事實。明末愛國畫家項易庵先生，他聽見崇禎殉國，悲痛得死而復甦。他在亡國的那年便畫了一幅朱筆山水，中著人物，形容慘淡，便是用朱墨來影射朱明。不但中國人的作品如此，雖是外國人的作品，亦無形中受到熏染。像日本人鷹取岳陽寫了一部明鄭延平王在臺灣的興亡事蹟，因為延平王是延續明朝的國脈的。一般史家都稱他為「明鄭」，鷹取岳陽這部書，便有意無意地叫做《臺灣紅淚史》。這種擺在目前的事實，還能說是穿鑿附會嗎！

問：還有其他影射的字樣嗎？

答：清乾隆十八年曾經發生一樁丁文彬自稱皇帝，忽然要傳位與曲阜衍聖公的怪案，現在我們看看丁文彬的口供單：

又問：你還有偽造的時憲書陸本，怎敢擅寫欽定字樣？你既妄稱在位八年，為何又是每樣兩本只有六七八三年的，以前的為何又藏匿呢？那大夏天元都是誰的國號年號？這天元八年這一本偽書面頁上，為何又旁註有昭武元年？必定另有一人了。那幾本逆書上為何又寫大夏大明的字呢？

供：小子只有一個人著書抄寫，因上帝命我趕修這《洪範春秋》，故此不能再有工夫造這新書了。直到即位六年才造起的，只造得三年，並沒隱藏別處。那大夏是小子國號。天元是年號。小子因做得一無好處，去年因請命了上帝，把天元改作昭武傳位與小聖公的。既有年號，就寫欽定了。至於書面上寫大夏大明，那是取明明德的意思，大夏是取行夏之時的意思。

我們再看乾隆四十三年的徐述夔詩案的一段事實。當時主辦徐案的是江寧藩臺陶易。因陶易查辦不甚認真，後來也受到抄家殺頭的處分。下面是清帝審問陶易的紀錄：

詰問陶易：那徐述夔詩內「明朝期振翮，一舉去清都」二句，不用「明當」而用「明朝」，不用「到清都」而用「去清都」。這實是「朝夕」之朝，讀作「朝代」之朝，意欲與明朝而去我本朝，其悖逆顯而易見，你如何不辨呢？況你是舉人出身，懂得文理的！（案：懂得文理就是懂得文學的隱藏藝術。）

我們看見這一類的事實，再看天地會「反汨復汨我洪英」的詩句，自然知道「反汨復汨」就是「反清復明」，同樣我們看林黛玉書寫的「綠窗明月在，青史古人空」的聯語，就知道「明月」含有影射明朝的意思，所以我說《紅樓夢》首回說「東魯孔梅溪題曰《風月寶鑑》」，風月亦是影射明清，猶如清初革命家呂留良詩句所云：「清風雖細難吹我，明月何嘗不照人」，是同樣的寓意。《紅樓夢》作者在書中反覆指點真假。既有賈（假）寶玉，又有甄（真）寶玉。真假兩寶玉，面目雖是一般；不過，政權在本族手裏就是真，政權在異族手裏便成為偽。所以清朝是偽，明朝就是真。作者從寶玉口中曾發出一番議論說，除明明德外無書（見《紅樓夢》第十九回）。這分明是作者嚴肅的表白態度，明朝才是正統，除此之外便是國賊。能明瞭明朝之德，便不可仕偽朝，所以他極力抨擊讀書上進的是國賊祿蠹（見《紅樓夢》第十九回、第三十六回）。否則以寶玉為人，他最欣賞的書應該是《西廂記》、《牡丹亭》，為什麼最崇拜的會是《大學》？就算他最崇拜《大學》了，為什麼不說「除《大學》外無書」，而偏要說「除明明德外無書」！這能叫人不想起丁文彬所說「大明取明明德的意思」的革命術語嗎？

問：照您說來，《紅樓夢》中的夢幻字樣，亦有特殊的涵義了！

答：《紅樓夢》開卷第一回「作者自云：曾歷過一番夢幻之後，故將真事隱去而借通靈說此石頭一書。」我認為「一番夢幻」即是指的國家興亡。

問：何以見得呢？

答：古今文學家以夢幻喻興亡，已經成了彼此默契的事實。譬如《長生殿》傳奇中李龜年唱的彈詞，感傷天寶之亂，開口便說：「唱不盡興亡夢幻，彈不盡悲傷感嘆。」《桃花扇》結尾的〈哀江南〉悲悼明亡，便說：「殘山夢最真，舊境丟難掉，不信這輿圖換稿。」我們再看明末無名氏所作的《如夢錄》的序文：

《如夢錄》所紀者，汴梁鼎盛之時也。……予心不忍淪沒失傳於後，是以不辭俚言，纂造成冊，直言少文，便於觀覽，俾知汴梁無邊光景，徒為一場夢境，因取名《如夢錄》，傳之於後，庶好古者有所考詳焉。

像這類資料，俯拾即是，《紅樓夢》作者繫心故國，亦自然用夢幻代表興亡。

問：如此說來，《紅樓夢》作者特意點出賈家必到「樹倒猢猻散」的地步，難道「猢猻」亦是指的胡人嗎？

答：一點不錯。我們看乾隆年間受到殺頭抄家的徐述夔，他的《一柱樓詩集》裏有一首〈詠正德杯〉的詩，裏面有兩句說：「大明天子重相見，且把壺兒擱半邊。」我們能說徐述夔不是有意將「壺兒」影射「胡兒」嗎？我們再看乾隆二十六年余豹明首告余騰蛟詩詞譏訕案。余豹明呈抄余騰蛟逆詩五首，每首都加注解。其中有一首〈龍潭石〉詩云：「巨靈劈山骨，倒落神龍淵，明月墮寒影，留客聽清猿。」注解云：「龍潭距縣數十步，兩岸平壤，並無遮蔽，何言『明月墮』？行人輻輳，何言『聽清猿』？明月墮影，猿聲悲切，與題不肖，意果何指？」由此可見清初漢人心目中是以明月指明朝，猿猴——即猢猻——指胡兒。《紅樓夢》作者不但希望「樹倒猢猻散」，而且還咒罵「猢猻無後」。試看《紅樓夢》第五十回暖香塢雅製春燈謎裏的一個謎：

寶釵道：「這些雖好，不合老太太的意；不如做些淺近的物兒，大家雅俗共賞纔好。」眾人都道：「也要做些淺近的俗物纔是。」湘雲想了一想，笑道：「我編一支《點絳脣》，卻是一個俗物，你們猜猜。」說著，便唸道：「溪壑分離，紅塵遊戲，真何趣，名利猶虛，後事終難覓。」眾人都不解，想了半日，也有猜是和尚的，也有猜是道士的，也有猜是偶戲人的。寶玉想了半日道：「都不是，我猜著了，必定是耍的猴兒！」湘雲笑道：「正是這個了。」眾人道：「前頭都好，末後一句怎麼樣解？」湘雲道：「那一個耍的猴兒，不是剁了尾巴去的！」眾人聽了，都笑起來說：「偏他編個謎兒也是刁鑽古怪的！」

「猴兒」即是「猢猻」，「猢猻」即是「胡兒」，胡兒「前頭都好」，末後總是要「剁了尾巴去的！」這情形正和「樹倒猢猻散」是一樣結果。陷在胡清網羅裏的漢人，那一個不是眼巴巴地望著這一天的來臨！《紅樓夢》作者不過是用嬉笑怒罵的口吻，傳達出全中國人的期望和呼聲罷了！

問：潘夏先生！照您的看法，《紅樓夢》的作者對賈府隨時施以無情的攻擊，如焦大、柳湘蓮的當面明罵（第六十六回：「湘蓮聽了，跌足道：這事不好，幾乎做不得了。你們東府裏除了兩個石頭獅子乾淨，只怕貓兒狗兒都不乾淨，我不做這忘八！」第七回：「焦大益發連賈珍都說出來，亂嚷亂叫，說要往祠堂裏哭太爺去：那裏承望到如今生下這畜生來！每日偷雞戲狗，爬灰的爬灰，養小叔子的養小叔子，我甚麼不知道！」），尤三姐託夢時的從旁控訴（戚本第六十九回：「姐姐！你終是個癡人，自古天網恢恢，疎而不漏，天道好還，你雖悔過自新，然已將人父子兄弟致於聚麀之亂——父子兄弟聚麀之亂即是爬灰養小叔子的意思——天怎容你安生！」），這些都是有意的攻擊了！

答：不但是有意的攻擊，而且有事實的根據。我們知道清初有文太后下嫁睿親王多爾袞之事。清廷雖極力隱諱，而漢人傳說，業已喧騰眾口。如明遺臣張煌言的〈建夷宮詞〉（見《四明叢書》本《張蒼水集》）和臺灣延平嗣王鄭元之的〈續滿洲宮詞〉（見《玄覽堂叢書・續集》影印抄本《延平二王遺集》），都盡情譏詈清宮的醜事。現在摘抄幾首如下：

建夷宮詞十首（錄一）

上壽觴為合巹尊，慈寧宮裏爛盈門。春官昨進新儀注，大禮躬逢太后婚。

讀張公煌言〈滿洲宮詞〉，足徵其雜揉之實；李御史來東都，又道數事，乃續之。

十二欄干月色鮮，百花爛縵自逞妍。昭陽殿裏妝初罷，喜道名王著意憐。（原注：胡酋初死，妻不耐獨宿，私於酋弟偽九王。每聞王入宮，欣悅倍常，遍告宮娥宮監，王格外愛憐之意。）

九王舊好漫相尋，椒室沈沈月色侵。宮監忽驚見故主，頻聞悲怨到更深。（原注：王與偽后綢繆之際，監等忽見故主慘淡之容，迴翔庭戶間，並聞悲泣聲。傳言入內，王后二人大怒，責告者。）

元旦后王入廟門，深宮寂靜祀祆神。狂淫大像巍然立，跪畢登盤裸體陳。（原注：胡俗，元旦黎明，偽帝后入宮祀祆神。宮在人不到處，所供大像，男女相抱構精而立。二人跪拜畢，即裸體登盤，如牲牢之式，男左女右。為監窺見，傳言於外，始知其事，真禽獸之惡習。且酋死，弟烝嫂，代行此禮，堂然稱父皇也。）

看了前面的引證，足見當時漢人對清廷穢德鄙視之深。但是，這類倖存的史料，我們今日可以看到，而在當時禁網之內的大陸同胞是無法看到的。保存這類材料，宣傳這種事實，就成為《紅樓夢》作者的工作和責任了。所以作者攻擊偽朝，簡直到了體無完膚的地步。我們試想，以一個倫理觀念極重的中華民族，揭發了統治我們的夷狄的「禽獸穢行」，此一宣傳，將激起精神上的反抗力量該多麼大！我們亦可體會到《紅樓夢》作者的用意和苦心了。

問：《紅樓夢》作者揭發假朝（賈府）的醜行，他對於讀者的期望是什麼呢？

答：陷於異族控制下的遺民，教訓下一代的後輩，必須不受異族利祿的引誘，方可保持固有民族精神，然後才談得到恢復，這是作者諄諄垂教的苦心，所以在開卷第一回說：「只願世人當那醉餘睡醒之時，或避世消愁之際，把此一玩，不但洗舊翻新，卻亦省了些壽命筋力，不更去謀虛逐妄了！」不做祿蠹，不貪富貴，不替異族做奴才，就是不謀虛逐妄。這種反清復明的精神，亦是《紅樓夢》題名《風月寶鑑》的意義。

問：潘夏先生，您剛才說過《風月寶鑑》的「風月」是影射明清，何以見得《風月寶鑑》有反清復明的意義呢？

答：這是作者在書中自己說明的。

問：哦！作者是怎麼說明的呢？

答：《紅樓夢》第十二回賈天祥正照風月鑑，就是作者點醒世人的沉痛呼聲。原來賈瑞看了王熙鳳，癡心妄想，被王熙鳳毒設相思局，加以捉弄懲治以後，一病垂危。正在醫藥罔效之時，忽然這日有個跛足道人來化齋，口稱專治冤孽之症。賈瑞偏偏在內聽到，直著聲叫喊，說：「快去請進那位菩薩來救命！」一面在枕頭上磕頭。眾人只得帶進那道士來。賈瑞一把拉住，連叫：「菩薩救我！」那道士嘆道：「你這病非藥可醫！

我有個寶貝與你，你天天看時，此命可保矣！」說畢，從搭褳中取出個正面反面皆可照人的鏡子來，背上鏨著「風月寶鑑」四字，遞與賈瑞道：「這物出自太虛幻境空靈殿上，警幻仙子所製，專治邪思妄動之症，有濟世保生之功；所以帶他到世上來，單與那些聰明俊秀，風雅王孫等照看。千萬不可照正面，只照背面，要緊！要緊！三日後，我來收取，管叫你病好。」說畢徉長而去，眾人苦留不住。賈瑞接了鏡子，想道：「這道士倒有意思，我何不照一照試試？」想畢，拿起那寶鑑來反面一照，只見一個骷髏兒立在裏面。賈瑞忙掩了，罵那道士：「混帳！如何嚇我！我倒再照照正面是甚麼！」想著，便將正面一照，只見鳳姐站在裏面，點首兒叫他。如此三四次，賈瑞受鳳姐的引誘，便一命嗚呼了。他的父母哭得死去活來，大罵道士。遂命人架起火來燒那鏡子。只聽空中叫道：「誰叫他自己照了正面呢！你們自己以假為真，為何燒我此鏡！」忽然那鏡從房中飛去。出門看時，卻還是那個跛足道人，喊道：「還我的風月寶鑑來！」說著，搶了鏡子，眼看著他飄然去了。我們記得蒯通勸韓信反漢高祖時，以相君之背，貴不可言來作暗示，跛足道人勸人莫認假為真，要看反面，正是勸異族控制下的同胞掙扎反抗，死裏求生。其心情的沉重，更不知超過蒯通幾千萬倍了！

問：如此說來，《紅樓夢》作者簡直是一個反清的革命志士了。

答：我的看法正是如此。

問：有人考得《紅樓夢》作者是曹雪芹，是八旗的世家，亦可以說是滿清的世僕，如何會有反清的思想呢？

答：正因如此，所以我們不敢相信這種考證。當初刻板印行《紅樓夢》的高鶚、程小泉，他們在序言中曾提到《紅樓夢》的作者時，說道：「《石頭記》是此書原名，作者相傳不一，究未知出自何人，惟書中記雪芹曹先生刪改數過。」以高程與雪芹時地之近，當時對於此書的作者已經傳說紛紜，撲朔迷離，莫衷一是。最後的結論，只說是究不知出自何人，可見此書作者是諱莫如深，才會有此現象發生。明末清初一般遺民志士，如一壺先生、補鍋匠、雪庵和尚、畫網巾之流，都是隱姓埋名，艱苦卓絕。像畫網巾臨到被殺之前，有人追問他的姓名，他說：「吾志未能報國，留姓名則辱國；智未能保家，留姓名則辱家；危不能即致身，留姓名則辱身。軍中呼我為畫網巾，即以此為吾姓名可矣！」（見《戴南山文鈔．畫網巾先生傳》）這幾句話最可表現出一般遺民的心情。他們做工作，寫文章，都在默默中進行，自然不願將姓名表白於世。何況清初文網嚴密，自然更不能暴露真姓名了。

問：最近看見《紅樓夢研究》一書作者的自序有一段話說：「《紅樓夢》底名字一大串，作者的姓名也一大串，這不知怎麼一回事？依脂硯齋甲戌本之文，書名五個：《石頭記》、《情僧錄》、《紅樓夢》、《風月寶鑑》、《金陵十二釵》；人名也是五個：空空道人改名為情僧（道士忽變和尚，也很奇怪。）、孔梅溪、吳玉峰、曹雪芹、脂硯齋（脂硯齋評書者，非作者，不過上邊那些名字，書本上不說他們是作者）。一部書為甚麼要這許多名字？這些異名，誰大誰小，誰真誰假，誰先誰後，代表些什麼意義？以作者論，這些一串的名字都是雪芹的化身嗎？還確實有其名，就算我們假定，甚至於我們證明都是曹雪芹底筆名，他又為什麼要這一氣化三清把戲呢？我們當然可以說他文人狡獪，但這解釋，您能覺得圓滿而愜意嗎？從這一點看，可知《紅樓夢》的的確確不折不扣，是第一部奇書，像我們這樣凡夫，望洋興嘆，從何處去下筆呢！」《紅樓夢研究》的作者一向是主張曹雪芹自敘的說法的，現在這一段話似乎感覺有些迷惑起來了。您的看法如何？

答：是的。這一切可疑之處，都是因為認錯了《石頭記》的主人翁。假如看清這書的時代背景，鑑定這是一部民族搏鬥下的產物，熟識黑暗時代大眾默認的革命術語，這多少疑問自然迎刃而解了！

怎樣讀《紅樓夢》

中國小說界，自從發現了《紅樓夢》這顆明星，它的光輝，便不斷的在無數讀者的心靈內閃耀。無疑的，它已成為一般人最愛看最愛談的一部名著了。遠在清朝同治年間，有一部筆記曾引到歌詠民風的京師〈竹枝詞〉，其中有兩句說：「開口不談《紅樓夢》，此公缺典定糊塗」，可見當時人對《紅樓夢》的酷嗜。甚至於嘉慶道光極崇拜經學的時候，也偏有醉心紅學的華亭人朱子美。他的朋友勸他應該留心經學，不要專讀小說。他回答道：我同樣的也在研究經學，不過和別人研究的略有不同罷了。朋友聽他的話，大為驚奇。他接著說：「我研究的經學，不過比旁人的經學少了一橫三曲罷了。」他的朋友越聽越不懂。他便加以解釋道：「經學的『經』字，減去一橫三曲的『巛』，不就是『紅學』嗎？」這雖是一段諧談，也可想見紅學魔力之大了！在目前推行國語的時期，《紅樓夢》無形中成了國語文學的典範，未來的讀者恐怕還要一天一天的增多。像這樣偉大的一部文學名著——中學生文藝社要我寫一篇三千字的短文，向青年同學們介紹。我慚愧，我惶恐，我惟有忠實的將我讀這書的一點經驗，寫出來供青年同學們的參考。

我現在要向青年同學們提出「切」、「慢」、「細」三個字來作為讀《紅樓夢》的三字訣。

第一：談到「切」字訣。我想，最好的文學作品，它必然具備一種吸力，可以把讀者的整個心靈攝收到作品的一字一句當中；同時，最好的讀者，也莫妙於把他的心靈整個交付給最優美的作品。我想，我們如能將心神沉浸在文學作品裏，像游泳於海水浴場似的，自然會有心神和暢，骨肉都融的快感。我記得當我在中學讀書時代，一卷《紅樓夢》，常常會逗得我廢寢忘餐，不忍放手。看到傷心處，便覺滿紙閃爍著晶瑩的淚珠；看到歡愉時，便覺眼前展開溫馨的笑靨。在當時，雖因程度幼稚，領會有限，不過這段境界，卻是非常親切有味的。我想，每一個青年，都有純潔的心靈，濃烈的興趣，必然體驗得到這段情境，我現在特別向青年們指出，你如有意讀這部名著時，最好把握住這段心情，將眼前一切放下，使自己和作品融合為一，然後慢慢的觀察，慢慢的分析，慢慢的玩味，這就算做到了「切」字訣。

第二：談到「慢」字訣。大凡優美的文學，決不是「走馬看花」式的讀者所能看到它的真面目的。正如香菱學詩的時候說：「念在嘴裏，倒像有幾千斤重的一個橄欖似的」！試問，「幾千斤重的橄欖」，如不慢慢咀含，如何嘗到它的味道？所以優美的文學，不但要慢慢看，還須慢慢念。尤其是《紅樓夢》的語言，是極優美、極自然、極乾淨、極瀏亮的語言，單用眼看還不夠，你必須用口切實的去念。譬如第一百十六回，通靈失而復得，寶玉死而復甦之後，王夫人對薛寶釵悲感的說道：

那和尚本來古怪，那年寶玉病的時候，那和尚來說是我們家有寶貝可解，說的就是這塊玉了。他既知道，自然這塊玉有些來歷。況且你女婿養下來就嘴裏含著的。古往今來，你們聽見過這樣第二個麼？只是不知終久這塊玉到底怎麼著！就連偺們這一個，也還不知怎麼著呢！病也是這塊玉，好也是這塊玉，生也是這塊玉……說到這裏，忽然住了，不免又流下淚來。

「生也是這塊玉」，接著下句應該是「死也是這塊玉」，她不忍提及死字，所以說到這裏，便咽住了。我們如果把這段文章念將起來，慈靄深厚的母愛和沉鬱幽咽的聲情便躍然凸現在紙面。又如，第二十八回，林黛玉因和寶玉發生誤會，賭氣不理他。寶玉回怡紅院時，忽然看見黛玉在前頭走，連忙趕上去，說道：「你且站著，我知道你不理我，我只說一句話，從今以後撩開手。」接著寶玉嘆息道：「既有今日，何必當初！」黛玉聽見這話，由不得站住，回頭道：「當初怎麼樣？今日怎麼樣？」寶玉便說出一番話來：

噯！當初姑娘來了，那不是我陪著頑笑？憑我心愛的，姑娘要，就拿去；我愛吃的，聽見姑娘也愛吃，連忙收拾得乾乾淨淨，收著；等著姑娘回來，一個桌子上吃飯，一個床兒上睡覺。丫頭們想不到的，我怕姑娘生氣，替丫頭們想到了。我想著：姊妹們從小兒長大，親也罷，熱也罷，和氣到了底，才見得比別人好。如今誰承望姑娘人大心大，不把我放在眼裏，三日不理，四日不見的！……

我也知道，我如今不好了；但只任憑著我怎麼不好，萬不敢在妹妹跟前有錯處。——就有一二分錯處，你或是教導我，戒我下次，或罵我幾句，打我幾下，我都不灰心；誰知你總不理我，叫我摸不著頭腦兒，少魂失魄，不知怎樣才好，就是死了，也是個屈死鬼，任憑高僧高道懺悔，也不能脫生；還得你說明了緣故，我才得托生呢？

我們念起這番話來，覺得文字的潔淨精微，音調的起伏頓挫，把寶玉一腔如怨如慕如泣如訴的真情全盤都傾瀉了出來，全書中像這類美妙的文學，不知有多少；全要口念，而且要慢慢念，才能領略出它的意味來。你念出了它們的聲氣，你就看見了它們的心靈！

第三：談到「細」字訣。《紅樓夢》的妙處，是一口氣說不盡的。我們必須細細觀察，細細領會。單就他描寫人物一樁看來。他描寫的人物，個個是真的，個個是活的，個個是有個性的。他用簡筆寫妙玉，把一副冷僻而又矯情牽情的心理，著墨不多，而自然深刻。當賈母一幫人在櫳翠庵品茶時，劉姥姥吃過了的成窰五彩茶鐘，她嫌腌臢，叫人撂去，偏又將自己常用的綠玉斗來斟與寶玉。她自稱「畸人」，自稱「檻外人」，似乎是「世人意外之人」了；但是寶玉做生，她卻偏記得遞上一個「遙叩芳辰」的賀帖。作者冷冷的幾筆，便把妙玉的特殊性格，寫得活靈活現了。

我們再看，他用繁複之筆來寫寶玉，寶玉是抱定「女子至上」主義的。他愛林黛玉，他愛天下女子。他願為她們而生，也願為她們而死。他對襲人說：「只求你們看守著我，等我有一日化成了飛灰——飛灰還不好；灰還有形有跡，還有知識的！等我化成一股青煙，風一吹就散了時候兒，你們也管不得我，我也顧不得你們了！憑你們愛那裏去，那裏去就完了！」這不是說他的生命便是她們的生命所構成的嗎？他被父親痛打之後，姊妹們都為他憐惜悲感，尤其是寶釵慰問他的時候，越覺心中感動，將疼痛早已丟在九霄雲外去了。他想道：「我不過挨了幾下打，他們一個個就有這些憐惜之態，令人可親可敬，假若我一時竟別有大故，他們還不知何等悲感呢！既是他們這樣，我便一時死了，得他們如此，一生事業，縱然盡付東流，也無足嘆惜了！」他得到她們的愛，便把生死痛苦一齊解脫，這種精神，簡直是殉道殉國的精神，他對女性無時無地不是一往情深，一個丫頭名叫玉釧兒的給他湯喝，一不留意，湯燙了他的手，倒不覺得，反問丫頭燙了那裏？疼不疼？他在大觀園無意中見到一個女孩子，蹲在花下，用金簪畫地，畫了幾十個薔字。忽然大雨驟至，自己淋得水雞似的，倒不覺得，反告訴畫薔的女子下雨了，快避雨去吧！有一年元宵過後，賈珍請賈母一幫人看戲作樂，當大家熱鬧得不堪的時候，他卻想起東府裏有個小書房，內曾掛著一幅美人，畫得很得神，今日這般熱鬧，那裏自然無人，那美人也自然寂寞的，他便獨自兒去望慰她一回。當他和黛玉寶釵一班人放風箏時，別人的蝙蝠大雁都放在高空，獨有他的美人兒再放不起來，寶玉說丫頭們不會放，自己放了半天，只起屋高，就落下來，急得頭上的汗都出來了。眾人笑他，他便恨得摔在地下，指著風箏說道：「要不是美人兒，我一頓腳跺個稀爛！」他處處流露的癡情真愛，硬是達到了「忘我」的最高境界。書中人物，我們如果細細分析歸納，便可把作者描寫的對象，一個一個凸現在眼前了！這樣細心讀去，自然會引出無數的問題，嘗到無盡的滋味。

以上所說，不過就我想到的隨意寫了出來，只能算是讀《紅樓夢》的一點經驗，實在不配稱「讀法」。至於其他的問題，更是無法在這篇短文裏討論。不過，像這樣一部可與世界任何名著媲美的《紅樓夢》，無論用何種「讀法」，你若拿來研讀一番，它將會滋潤你的心靈，也會滋潤你的文章！

紅樓夢(上/下)

曹雪芹/撰　饒彬/校注

全書以賈寶玉和林黛玉的愛情悲劇為主線，寫出賈府由興盛到衰敗的過程。是第一部出於原創而毫無依傍的長篇章回小說，結構宏偉、語言洗鍊，人物刻畫個性鮮明，堪稱中國古典小說的巔峰之作。蘊藏著豐富的資料，值得讀者親自發掘其中奧妙。本書採用程甲本為底本，詳為校訂，俚語方言並有注釋，期待與您一同到賈府一遊，看世情繁華，閱人生百態。

國家圖書館出版品預行編目資料

紅樓夢新解／潘重規著.——三版一刷.——臺北市:
三民，2020
面；　公分.——（Culture）

ISBN 978-957-14-6911-9 （平裝）
1. 紅學 2. 研究考訂

857.49　　　　109012146

紅樓夢新解

作　者	潘重規
發行人	劉振強
出版者	三民書局股份有限公司
地　址	臺北市復興北路 386 號 (復北門市) 臺北市重慶南路一段 61 號 (重南門市)
電　話	(02)25006600
網　址	三民網路書店 https://www.sanmin.com.tw
出版日期	初版一刷 1990 年 8 月 二版一刷 2015 年 7 月 三版一刷 2020 年 11 月
書籍編號	S820440
ISBN	978-957-14-6911-9

三民書局